D0993648

Chère Lectrice,

Le coup de foudre, l'irrésistible séduction, ce sont des choses qui existent.
Vous découvrirez en lisant ce volume de la Série Désir l'émoi délicieux d'une passion vécue à deux.
Vous adorerez sa troublante sensualité.
Duo connaît bien l'amour. Avec la Série Désir, vous vivrez l'inoubliable.

Désir, la série haute passion,
quatre romans par mois.

Série Désir

NICOLE MONET

Un soir de tendresse

© 198?, Nicole Monet Inc. ??

Les livres que votre cœur attend

La loi du 11 mars 1957 n'autorisant aux termes des alinéas 2 et 3 de l'article 41, d'une part, que les copies ou reproductions strictement réservées à l'usage privé du copiste et non destinées à une utilisation collective, et, d'autre part, que les analyses et les courtes citations dans un but d'exemple et d'illustration, toute représentation ou reproduction intégrale ou partielle faite sans le consentement de l'auteur, ou de ses ayants droit ou ayants cause, est illicite (alinéa 1er de l'article 40).

Cette représentation ou reproduction, par quelque procédé que ce soit, constituerait donc une contrefaçon sanctionnée par les articles 425 et suivants du Code pénal.

Titre original : *Rand Emory's Woman* (228)
© 1985, Noelle Berry McCue
Originally published by SILHOUETTE BOOKS,
division of Harlequin Enterprises Ltd,
Toronto, Canada

Traduction française de : Isabelle Stoïanaov
© 1986, Edimail S.A.
53, avenue Victor-Hugo, 75116 Paris

1

L'air absent, Sara Benedict raccrocha le téléphone et adressa un sourire à son élégante voisine.

— C'était Rand ? lui demanda celle-ci.

Edith Hastings paraissait trépigner d'impatience.

— Oui, répondit Sara en hochant la tête. Il veut
que nous déjeunions ensemble.

— Vous voyez. Il fait preuve de bonne volonté.

— J'ai plutôt l'impression qu'il me donnait un
ordre !

Edith ne s'embarrassait pas de ce genre de
nuances. Tout en secouant vigoureusement son
chiffon à poussière, elle observa d'un ton senten-
cieux :

— Vous savez que Rand ne pense qu'à se rendre
utile. Et puis cela vous fera du bien de sortir un peu
de cette maison. Vous n'avez pour ainsi dire pas mis
les pieds dehors depuis l'enterrement de ce pauvre
Sam.

A l'évocation de ce douloureux souvenir, la jeune
fille se mit à trembler. La mort de son père à la suite
d'une crise cardiaque lui avait été annoncée par son

5

associé en affaires, Bob Hastings, le mari d'Edith. Bob était un petit homme rond et chauve, d'un naturel plutôt jovial; mais, ce jour-là, sa gaieté habituelle avait cédé la place à une profonde tristesse.

Désormais, Sara ne se sentirait jamais plus chez elle dans la grande maison familiale où chaque meuble lui rappelait le disparu. Pour lutter contre la solitude et le désespoir, elle avait donc accepté d'aller habiter dans la maison de Bob et d'Edith pendant quelque temps.

A peu près au moment de son installation, les Hastings avaient découvert que le défunt les avait en quelque sorte escroqués en souscrivant un prêt personnel pour lequel il avait offert comme garantie une entreprise dont il ne possédait que la moitié des parts.

En prenant connaissance de cette affaire, Rand Emory était aussitôt intervenu pour proposer à la jeune femme de rembourser le prêt. Soulagée, d'abord, par cette proposition, Sara s'était bien gardée d'y donner suite. Malgré l'amour qu'elle avait cru autrefois éprouver pour le jeune homme d'affaires, elle ne voulait en aucun cas dépendre de lui.

Allons, courage! songea Sara en serrant les dents. Il n'est pas question de s'abandonner à la faiblesse. Je dois m'assumer seule et continuer de refuser la protection de Rand. Je ne suis plus une enfant, après tout! Et sa sollicitude attendrie m'énerve au plus haut point!

Malgré le caractère négatif de ces remarques, la

jeune femme était bien consciente de l'extrême gentillesse qu'il montrait envers elle. L'aide qu'il lui avait apportée en réglant la succession de son père avait, à bien des égards, éclairci une situation embrouillée, et la jeune femme lui vouait une immense reconnaissance.

En tant qu'héritier d'une des plus grosses affaires industrielles de San Francisco, Rand Emory était un homme puissant et respecté. Porter secours à une pauvre jeune fille témoignait donc d'une grande bonté de sa part. D'autant plus que, délaissé par ses propres parents, il avait toujours dû affronter seul les difficultés de l'existence.

Il faut dire que le père et la mère du jeune homme avaient complètement oublié leur fils pour profiter en toute liberté de la vie facile que procure une grande richesse. Traversant le monde en tous sens, sortant et dépensant gaiement les millions dont ils disposaient, ils estimaient sans doute avoir accompli leur devoir en offrant à Rand l'empire dont il avait hérité. Dès lors, ils ne s'étaient plus souciés de la solitude ni de la peine de ce dernier.

Quelque chose en lui s'était ainsi cassé, et il avait adopté le masque d'une dureté impassible vis-à-vis de ses amis. Ainsi armé par la vie, il était brillamment sorti de Harvard pour prendre aussitôt la tête de l'entreprise familiale où il avait su sans peine se faire respecter, lui donnant même un nouvel essor qui avait permis de la hisser parmi les affaires les plus florissantes de Californie.

Au fil des années, Sara en était arrivée à l'admirer pour sa réussite tout en le redoutant pour sa puissance. Il était devenu un personnage trop important pour elle, trop habitué à voir le monde plier sous sa férule. Par conséquent, il ne pouvait représenter qu'une menace aux yeux d'une jeune fille qui n'aspirait qu'à son indépendance.

Edith s'était remise à épousseter la vitrine de porcelaines dont elle était si fière, et sa protégée en profita pour s'éclipser dans sa chambre après une brève parole d'excuse.

Assise sur le bord de son lit, elle se mit à murmurer :

— Papa, pourquoi as-tu fait cela ?

La réponse était, malheureusement, des plus banales. A la suite de quelques opérations infructueuses, Sam s'était retrouvé dans l'obligation de mettre en jeu l'intégralité de l'entreprise où il était co-directeur.

Sara ayant perdu sa mère très jeune, son père avait essayé de compenser ce chagrin en lui offrant toujours ce qu'il y avait de mieux ; les écoles les plus chères, les vêtements les plus coûteux. Il lui avait surtout prodigué un tel amour, une telle tendresse que la jeune fille aurait sans doute un mal fou à se consoler de sa mort brutale.

— Sam, soupira-t-elle entre deux sanglots, te rendais-tu compte de la situation dans laquelle tu nous mettais ? Mon Dieu ! Pourquoi m'as-tu laissée seule ?

Reprenant courage, elle se leva lentement et consulta la pendule de sa table de nuit. Son rendez-vous avec Rand était fixé pour dans moins d'une heure. Jamais elle n'aurait dû accepter !

Pourtant, la jeune fille aurait été si heureuse de le rencontrer, quelques années auparavant ! Au souvenir de l'amour qu'elle lui avait voué, Sara se sentit rougir et se déshabilla nerveusement pour aller prendre sa douche.

Malgré cela, les images du passé continuèrent de s'imposer à son esprit. La première fois qu'elle avait rencontré Rand, elle avait seize ans et accompagnait son père à une réunion politique. Malgré leur différence d'âge, les deux hommes avaient sympathisé très vite et Rand était alors devenu un habitué de la maison. Il partageait souvent leurs dîners, et la jeune fille assistait en spectatrice muette et admirative aux conversations brillantes qu'il entretenait avec son père.

Sans vraiment s'en rendre compte, elle s'était éprise de Rand, buvant chacune de ses paroles, observant à la dérobée son beau corps d'athlète. De treize ans son aîné, il lui semblait inaccessible comme un héros de légende d'autant que, lui-même la considérant comme une enfant, ne prêtait pas la moindre attention au penchant qui la troublait tant. Son premier amour... Peut-être ne s'en était-il pas seulement aperçu !

A présent qu'elle avait dix-neuf ans, Sara gardait un souvenir attendri de ces émotions. Quant à Rand, il semblait considérer que, bien qu'elle ait grandi, sa protégée avait plus que jamais besoin d'être guidée, et il ne s'en cachait pas. En souvenir de son amitié pour Sam, il paraissait prêt à prendre cette responsabilité. La jeune femme allait lui montrer qu'il faisait fausse route !

Elle ferma brusquement le robinet de la douche et s'enveloppa dans un peignoir tout en se répétant les phrases qu'elle avait l'intention de lui dire. Il se rendrait compte, alors, qu'il avait affaire à une adulte déterminée. Sara n'avait aucunement l'intention de se laisser dicter son avenir, encore moins de se plier à l'autorité de Rand. Qu'il n'espère surtout pas jouer le rôle de son père !

La douce et docile petite Sara avait disparu en même temps que son père. Qu'il le veuille ou non, Rand devrait traiter avec la femme née de cette épreuve, une femme qui avait bien l'intention de rembourser les dettes de son père ! S'imaginant agir dans l'intérêt de son enfant, celui-ci avait tout sacrifié pour lui assurer une vie fastueuse. Il était juste qu'elle garde sa mémoire intacte en s'assurant que Bob Hastings ne perdrait pas d'argent à cause de l'erreur qu'il avait commise.

Tout en finissant de s'habiller, Sara se demandait pourquoi Rand ne lui avait pas donné rendez-vous à son bureau de San Francisco au lieu de lui dire de le rejoindre dans un restaurant chic de Mason Street. Elle n'avait aucune envie de discuter de son avenir dans un tel lieu. Mais après tout, peut-être en sera-t-il mieux ainsi, songea-t-elle. Elle connaissait assez Rand pour savoir qu'il n'oserait pas se mettre en colère en public.

La jeune femme quitta à regret l'atmosphère paisible de la maison d'Edith et de Bob ; cependant, en arrivant à destination, son anxiété l'abandonna, cédant la place au plaisir de découvrir un quartier inconnu et charmant. L'intérieur de l'établissement aussi était très agréable à contempler, et c'est emplie d'un détachement amusé que Sara entendit le bruit de ses pas résonner sur les dalles de marbre blanc.

Le maître d'hôtel la conduisit vers une table un peu en retrait du reste de la salle, et la jeune femme se dirigea vers Rand d'une démarche élégante et assurée. Pourtant, dès qu'elle se fut approché de son compagnon, nonchalamment calé contre le dos de son fauteuil, Sara sentit de nouveau une certaine nervosité la gagner.

— J'espère que je ne suis pas en retard, commença-t-elle.

Il se leva poliment, attendant qu'elle soit installée pour se rasseoir.

— Nous ne sommes pas pressés, Sara. Ne vous inquiétez pas, je vous en prie. Nous sommes ici pour nous détendre, après tout.

Agacée par son extrême courtoisie, elle répliqua :

— Détrompez-vous, Rand : je n'ai pas la moindre envie de me distraire, en ce moment. D'ailleurs, j'aurais préféré vous rencontrer dans le cadre plus neutre de votre bureau.

Il se pencha en avant pour lui effleurer la joue d'un doigt protecteur.

— Allons, Sara ! Ne faites pas l'enfant !

Elle rougit qu'il ose la traiter ainsi mais fut incapable de trouver une riposte cinglante. Aussi fut-elle soulagée que le maître d'hôtel choisisse cet instant pour leur présenter les menus. Peu soucieuse de définir elle-même la nature de son repas, elle abandonna cette tâche à Rand pour se plonger dans la contemplation des plafonds richement décorés.

— Surprenant, n'est-ce pas ?

Sans qu'elle en prît conscience, son visage s'était détendu.

— C'est très joli, répondit-elle en souriant.

— Si vous saviez depuis combien de temps j'attends de vous voir sourire de nouveau, ma douce Sara !

Mais l'expression enjouée de la jeune femme avait déjà disparu. Décontenancée par l'intonation sensuelle de sa voix, Sarah se demandait comment interpréter l'attitude de Rand à son égard. Il ne lui avait jamais parlé ainsi. Un silence pesant se mit alors à régner entre eux. Trop absorbés par l'intensité troublante de cet instant, ni l'un ni l'autre ne prenaient garde à l'intérêt admiratif que suscitait leur présence parmi l'assemblée. Chacun appréciait, en effet, la beauté exceptionnelle, l'élégance de ce couple si bien assorti. Ils donnaient l'impression d'appartenir à un monde singulier et remarquable, trop élevé pour que l'on pût prétendre y accéder.

Les pommettes hautes et le visage mat de Rand, son nez parfait et sa bouche volontaire exerçaient une fascination irrésistible tandis que les traits délicats de Sara, son teint de pêche et ses lèvres pulpeuses portaient encore la marque de l'enfance. Il avait la peau sombre alors que les joues roses de la jeune fille évoquaient la transparence de la porcelaine... Absolument dissemblables, ils étaient merveilleusement complémentaires.

Après quelques minutes passées à se taire, Sara

prit soudain conscience du regard insistant que Rand avait posé sur elle. Il l'observait si fixement, comme magnétisé par le spectacle ravissant qu'elle offrait, qu'il paraissait sur le point de se lever pour l'embrasser. Bien qu'elle soit gênée par l'attention qu'il lui portait, Sara ne pouvait s'empêcher de ressentir un frisson exquis au creux de la nuque. Au fil des secondes, elle se plongeait avec une ivresse grandissante dans l'eau profonde de ses yeux noirs ; en une minute d'égarement, elle lui abandonnait sa main, perdue dans le brouillard d'un rêve délicieux où il était possible de se comporter selon ses désirs...

— Sara ?

Le bruit de sa voix fit sursauter la jeune femme. Que lui arrivait-il ? Elle essaya nerveusement de retirer sa main.

— Je vous en prie, Rand. Tout le monde nous observe.

— Il faut dire que vous êtes si belle, Sara !

— Avez-vous décidé de me mettre dans l'embarras ?

Surpris par la sécheresse de sa voix, il secoua la tête.

— Quand cesserez-vous de me repousser, ma chère ?

Il lui avait lâché la main qu'elle porta machinalement à son front en un geste de désarroi. Sara dut faire un effort pour articuler une réponse intelligible.

— Je ne vous ai jamais repoussé. Qu'allez-vous imaginer ? Nous sommes amis depuis tant d'années !

Elle avait parlé avec l'insouciance qui caractérise les propos mondains.

— Dans ces conditions, pourquoi refuser que je prenne en charge les dettes de votre père ?

— Parce que c'est à moi de les rembourser. J'en suis seule responsable.

A son air déterminé, il comprit que Sara n'avait pas l'intention de céder.

— Ce n'est pas ainsi qu'il faut aborder le problème, répliqua-t-il d'un air impatienté. Sam était mon ami et je lui ai promis un jour que, si quoi que ce soit de grave lui arrivait, je veillerais sur vous.

— Je l'ignorais, murmura-t-elle en refoulant ses larmes. Mais cela ne change rien à ma décision, et je vous serais reconnaissante de ne pas insister.

C'était plus une prière qu'une injonction, mais Rand parut se durcir.

— Vous n'avez aucune raison de porter un tel fardeau sur vos épaules, Sara. Personne ne vous demande d'endosser une dette qu'il vous faudrait des années à payer.

— Cette question ne regarde que moi.

Rand n'eut pas le temps de répliquer car un serveur apporta les plats. Sara déplia sa serviette, soulagée que l'occasion lui soit offerte d'en finir avec cette conversation gênante. Le filet de bœuf accompagné de petits légumes que l'on avait posé devant elle semblait très appétissant. Malheureusement, l'atmosphère tendue qui régnait entre eux lui serrait la gorge.

Alors que le serveur les laissait seuls, la jeune femme sentit son malaise s'accroître. Cherchant une contenance, elle coupa maladroitement un morceau de viande et fut heureuse de constater que Rand l'imitait. Les mets étaient tellement fins et savoureux qu'il était possible de s'absorber dans leur dégustation sans que le silence en devînt gênant. Bien qu'elle n'ait pas faim du tout, Sara remercia intérieurement le chef cuisinier de lui offrir ce recours.

— Il existe un moyen très simple de résoudre toutes ces questions, reprit impitoyablement Rand quand ils en furent au café.

— Je ne vois pas de quoi vous voulez parler, répondit-elle avec irritation. La semaine dernière, j'ai eu un entretien avec M. Phelps, le banquier qui a accordé un prêt à mon père. Une fois la maison vendue et les droits de succession acquittés, il restera largement de quoi régler le montant des intérêts.

— Et ensuite, que ferez-vous pour le capital? Vous écrirez au Père Noël, comme une bonne petite fille sage? s'exclama-t-il.

Visiblement agacé, il se frotta la nuque d'un geste brusque.

— Montrez-vous un peu réaliste! L'emprunt en soi représente deux fois tout ce que vous pourriez réunir en cédant cette maison au prix fort. La banque n'est pas une institution charitable et vous ne tiendrez pas longtemps M. Phelps sous votre charme.

— Je rembourserai mes dettes.

— De quelle manière, exactement ?

— J'étudie la gestion à l'université depuis deux ans ; je n'aurai pas trop de mal à me débrouiller.

— Comment, Sara ?

— J'ai l'intention d'abandonner mes cours et de travailler comme secrétaire.

— Vous n'abandonnerez rien du tout ! explosa-t-il. Je financerai le reste de vos études ainsi que l'argent dû par votre père. Je vais immédiatement téléphoner à Phelps pour...

— Certainement pas !

En la voyant se dresser de toute sa hauteur, il resta bouche bée de surprise que cette jeune fille, d'ordinaire si douce, résiste avec tant de violence à ses initiatives.

— Asseyez-vous ! ordonna-t-il.

Comme elle sentait de nouveau tous les regards braqués sur elle, la jeune fille s'exécuta, les yeux brillants de colère contenue. Jamais, elle ne s'était ainsi opposée à la formidable autorité de Rand et, maintenant, elle comprenait combien les rumeurs qui le disaient intraitable étaient fondées. Jusqu'alors, il n'avait montré envers elle qu'une extrême attention et une indulgence attendrie. Pour la première fois, Sara tentait d'imposer sa propre personnalité. Il allait donc être nécessaire d'engager la lutte le plus fermement possible.

— Vous n'avez aucun droit de me donner des ordres, Rand Emory ! Vous n'êtes pas mon père, et je ne suis en aucune façon obligée de vous obéir.

— Je n'ai jamais rien prétendu de tel, rétorqua-t-il d'une voix douce. En réalité, j'espérais parvenir à

16

instaurer d'excellentes relations entre nous. Nous devrions nous marier, Sara. Dans ces conditions vous n'auriez plus aucune raison de considérer comme répréhensible le fait que je solde le découvert de mon beau-père.

Frappée de stupeur, Sara balbutia à grand-peine :

— Qu'avez-vous dit ?

— Vous m'avez fort bien compris.

— Vous... vous ne songez tout de même pas à ce que nous devenions... demanda-t-elle sans trouver la force d'achever sa phrase.

Une expression étrange se peignit sur le visage de son compagnon.

— Et pourquoi pas, ma chère ? Je me sens responsable de votre avenir; vous avez besoin de moi. Cette solution réglerait intelligemment l'ensemble de nos problèmes. Vous n'êtes pas d'accord ?

Sara n'avait jamais mesuré qu'il pût être aussi froid et calculateur. Rand évoquait le mariage comme il aurait parlé d'un simple contrat commercial. La jeune femme souffrait déjà à l'idée qu'il ne lui trouvât d'intérêt qu'en fonction d'une promesse faite à son père... Comment supporter, dès lors, qu'il n'évoque d'éventuelles fiançailles qu'en des termes purement pratiques ? Brusquement, il lui semblait qu'un inconnu se tenait devant elle. Extérieurement, pourtant, il ressemblait toujours à Rand, l'homme qu'elle avait autrefois aimé. Mais l'individu qui dévoilait à présent son être profond paraissait si peu capable d'éprouver la moindre émotion que Sara regrettait d'avoir un jour été sensible à son charme. Le charme purement extérieur que procure la beauté physique... songea-t-elle amèrement. Rand a la chance de disposer d'un visage agréable, il sait se montrer courtois et attentionné envers autrui. Malheureusement, ces qualités ne sont que des leurres destinés à tromper ses interlocuteurs !

Bouleversée par cette découverte, la jeune femme revoyait en esprit les soirées où son père et lui avaient longuement discuté des problèmes qui les préoccupaient. Le ton enjoué de ces entretiens, l'atmosphère détendue qui régnait entre eux avaient fait croire à l'adolescente naïve qu'elle avait été, que l'ami de Sam était un homme gentil et secourable.

Mon Dieu ! Mon cher papa aussi s'est laissé tromper par cet individu sans scrupules, pensa-t-elle en retenant ses larmes. Dire qu'il lui avait accordé toute sa confiance !

— Bon sang, Sara ! Ne prenez pas cet air horrifié, je vous en conjure !

— Qu'espériez-vous donc ? Que j'allais tomber dans vos bras, follement soulagée à l'idée de devenir votre femme ? Je suis désolée de vous décevoir, Rand, mais je n'ai pas l'intention de voir mon nom s'ajouter à la longue liste des pauvres gens qui sont déjà sous votre autorité !

Les yeux de Rand se plissèrent, sa mâchoire se crispa. Sara croisa son regard, et la dureté qu'elle y décela lui inspira une désagréable sensation de frayeur.

— Je mettrai ces propos sur le compte de votre grande jeunesse, Sara. Vos reproches ne m'empê-cheront pas de renouveler ma proposition. Vous êtes jolie, vous êtes intelligente et spirituelle, Sara. Comprenez que, pour un homme qui rêve de fonder un foyer, ces atouts puissent l'inciter à vous demander votre main.

— Me demander ma main ? Mais vous êtes fou, Rand ! Vous en parlez sur le ton qui doit être le vôtre quand vous vous adressez à vos collaborateurs !

— Est-ce l'idée de partager ma vie qui vous plonge dans une telle colère ? Moi qui avait l'impression, lors de toutes nos rencontres passées, que j'avais le bonheur de vous plaire ! Etait-ce une illusion ? Vous n'avez jamais eu envie de m'embrasser ?

2

Sara dut se retenir pour ne pas le gifler. Comment osait-il s'exprimer de manière si insolente ?

— Je vous défends de me parler sur ce ton ! Si vous continuez sur ce sujet, je refuse de vous écouter une seconde de plus. Est-ce clair ?

Il l'observa d'un air surpris.

— Je ne vois pas en quoi mes propos sont choquants. Malgré tout, je veux bien admettre que votre inexpérience vous conduise à interpréter en mauvaise part les suggestions que je viens de vous soumettre.

— Juste ciel ! Pour qui vous prenez-vous pour oser proférer de telles absurdités ?

Indignée par le sourire furtif qui éclairait son visage, Sara se tut brusquement.

— Est-il absurde de vous demander en mariage ? murmura-t-il d'une voix sourde.

— En pareilles circonstances, oui, absolument.

— Je veux vous protéger comme Sam me l'a fait promettre.

Elle eut un rire moqueur.

— Croyez-vous qu'il entendait par là que vous vous chargiez de moi à perpétuité ?

— Ne présentez pas les choses sous un jour ridicule. Mais je ne vous en veux pas, ma chérie. Au contraire, j'accepte d'attendre tout le temps qu'il faudra pour que vous acceptiez de partager ma vie.

— Ce moment n'arrivera jamais !

— Oubliez-vous la promesse que j'ai faite à votre père ?

Les yeux pleins de larmes à l'idée que Rand transformait ce serment en un motif de chantage, elle murmura :

— Sam n'aurait jamais voulu que j'épouse un homme qui ne m'aime pas.

Rand passa une main dans ses cheveux noirs d'un geste las.

— Je tiens plus à vous qu'à n'importe qui.

— C'est insuffisant.

— Voilà pourtant tout ce que je puis vous offrir. Vous avez sans doute la tête pleine d'images romantiques qui dépeignent l'amour en des termes idylliques. Quant à moi, j'ai appris depuis longtemps qu'elles n'avaient rien à voir avec la réalité. Le mariage n'est pas seulement la fin logique d'une immense passion. L'on doit aussi tenir compte des avantages concrets qu'il y a à tirer d'une telle alliance.

— Je trouve ces explications parfaitement horribles, Rand. Si vous êtes suffisamment malheureux et infirme pour ignorer ce qu'est l'amour, je vous plains.

Il la fixa un long moment sans mot dire, comme

22

s'il avait voulu qu'elle revienne sur cette déclaration.

— Je ne suis pas aussi insensible que vous paraissez l'imaginer, ma chère. Je suis prêt à vous le prouver, d'ailleurs, poursuivit-il en rivant ses yeux aux siens.

Emue malgré elle par l'ambiguïté de ces paroles, Sara ne put lutter contre le trouble que faisait naître l'intensité de son regard. Il lui faisait l'impression d'une véritable caresse... C'était comme si un contact charnel venait de s'établir subrepticement entre eux.

Comprenant qu'il ne manquerait pas de profiter de la fascination qu'il exerçait sur elle, Sara se détourna furieusement. Grands dieux ! songea-t-elle, il suffit que cet homme s'adresse à moi d'une voix douce et insinuante pour que j'aie la sensation de me retrouver entre ses bras ! Il serait dangereux de sous-estimer la valeur d'un tel adversaire !

— Allons-y ! lança-t-elle alors pour couper court à cette situation équivoque.

Rand la reconduisit à la maison d'Edith et de Bob sans qu'ils échangent un seul mot. Touchée plus qu'elle ne l'aurait voulu par l'attitude nouvelle de son compagnon, Sara avait hâte d'échapper à la promiscuité gênante qui existait entre eux. Ce tête-à-tête silencieux devenait irrespirable. Aussi ouvrit-elle promptement la porte dès que la voiture fut arrivée à destination.

— Vous ne changez pas d'avis ? demanda Rand sèchement.

Adoptant le même ton, elle répondit :

— Je ne suis pas à vendre, Rand, même si la vie que vous m'offrez peut me mettre à l'abri du besoin.

— Seigneur ! Vous êtes encore plus puérile que je ne le pensais !

D'une main ferme, il lui attrapa le bras pour l'empêcher de s'enfuir trop vite.

— Calmez-vous un instant et écoutez-moi !

— Je n'ai que faire de vos conseils arrogants ! lança-t-elle en se dégageant d'une secousse. Je vous ai déjà exposé mes intentions et ce n'est pas vous qui m'en détournerez. Quoi que vous pensiez, je suis parfaitement capable d'affronter l'avenir sans votre aide.

— Même si Sam m'a fait jurer de m'occuper de vous ?

Sara se mordit la lèvre pour réprimer ses larmes.

— Sam n'aurait jamais voulu que je me marie sans amour.

Elle baissa tristement les yeux, accablée de ne pouvoir exaucer les souhaits de son père. Conscient du chagrin qui s'emparait de la jeune femme, Rand l'attira tendrement dans ses bras. Sara se sentait si lasse qu'elle accepta le réconfort qu'il lui offrait.

— Vous avez raison, souffla-t-il en lui caressant la nuque. Sam n'aurait jamais voulu que vous vous mariiez contre votre gré. Mais vous savez aussi bien que moi qu'il désirait que je vous prête assistance au cas où vous en auriez besoin. Accepteriez-vous, au moins, de venir travailler dans mon entreprise ?

Elle leva la tête pour essayer d'apprécier sur son visage dans quelle mesure cette proposition était honnête.

— Quel genre de travail ?

— Nous venons de créer deux postes qui sont à pourvoir dans les plus brefs délais. Deux postes de secrétaires. Ils n'ont rien de fictif, je vous le promets. N'imaginez pas qu'une fois encore, cette proposition est destinée à vous aider malgré vous. Vous exerceriez dans les mêmes conditions que n'importe qui d'autre.

— Si j'acceptais, je pourrais assumer seule la responsabilité des dettes qu'a contractées mon père ?

Il lui effleura tendrement la joue.

— J'y mettrais tout de même une condition, Sara.

— Laquelle ?

Avec un sourire, il lui déposa un baiser sur le front.

— Que vous poursuiviez vos études en assistant à des cours du soir.

Elle se rebiffa aussitôt.

— Je n'aurais jamais les moyens, avec un salaire de dactylo, de rembourser la banque tout en me payant des cours. Et ne croyez pas que je vous permettrais de gonfler mes appointements !

— Vous gagnerez ce que gagnent les autres dactylos, ni plus ni moins. Mais personne n'aura besoin de savoir que je finance votre scolarité.

— Surtout si vous ne le faites pas !

— Vous êtes déjà inscrite pour le premier semestre.

— Vous n'aviez pas le droit...

Il la prit brusquement par les épaules et énonça sur un ton sans réplique :

— Ne redites jamais cela ! Votre père était mon ami et je ne laisserai pas s'écrouler les beaux projets qu'il avait rêvés pour vous sans intervenir !

Quand il vit qu'elle pâlissait sous le coup, il se reprit, marmonna une vague excuse, ce qui ne l'empêcha pas de poursuivre :

— Admettons que vous considériez mon aide comme une sorte de prêt, si cela peut apaiser votre maudit amour-propre. Malgré votre comportement actuel, je vous sais plus intelligente que la moyenne. Vous ne devrez votre promotion dans le groupe qu'à votre valeur personnelle, je vous le garantis. En affaires, je ne fais jamais de favoritisme.

— Et comment appelez-vous le fait de payer mes cours du soir ?

— Une forme d'investissement.

Du revers de la main, Sara essuya furtivement une larme qui lui glissait sur la joue.

— Dans ce cas, vous n'êtes pas l'homme d'affaires avisé que j'imaginais.

— Pourquoi ?

Il lui parcourut les épaules d'une main légère et douce.

— Vous n'avez pas l'intention de me rembourser ?

Plus troublée qu'elle ne voulait bien l'admettre, Sara s'écarta de lui. Cependant, au moment où elle se détachait de son étreinte, une étrange sensation de regret l'envahit. La chaleur de son corps contre le sien lui avait prodigué le réconfort dont elle avait besoin depuis tant de semaines. Mais il ne fallait pas succomber au charme facile de cet homme. A ce jeu, il la considérerait vite comme sienne, compromettant ainsi son désir éperdu d'indépendance. Il aurait pourtant été si facile de lui laisser endosser toutes les difficultés ! Mais elle aimait trop sa liberté pour trouver le courage de résister à la tentation.

A aucun prix, Rand ne devait se douter qu'elle frôlait de si près la capitulation. Mieux valait accepter un compromis que de risquer de perdre le peu de concessions qu'il lui avait accordées. Toutefois, Sara n'en sacrifierait pas pour autant sa fierté. Pour ce faire, il restait à accomplir un dernier pas, décisif et indispensable.

— Rand ?

— Quoi d'autre, petite tigresse ? A la seule expression de votre visage, je vois que vous êtes prête à ressortir vos griffes.

— Non, murmura-t-elle sans le quitter des yeux. Voilà : si vous me payez ces cours, c'est avec la garantie que je vous les rembourserai une fois mon diplôme obtenu. Nous signerons un papier à cet effet.

— Ce n'est pas la peine.

Curieusement, il avait parlé sans conviction, comme s'il avait su que le combat était perdu d'avance pour lui.

Prompte à saisir cet avantage, Sara posa la main sur son bras.

— Je vous remercie de ce que vous faites pour moi, déclara-t-elle sincèrement, et je n'ai pas l'intention de me montrer ingrate. Mais il faut que je prenne ma vie en mains. Tâchez de comprendre, s'il vous plaît.

Il la considéra d'une expression emplie de ce respect qu'elle avait tant cherché à susciter.

— Franchement, je ne puis dire que j'approuve la proposition que vous me faites, Sara. Mais je le comprends, c'est vrai.

— Et vous ne m'en voulez pas ?

— Je suis furieux, déclara-t-il avec un petit sourire. Je n'ai pas l'habitude de me laisser dicter ma conduite par une femme entêtée. Si cela se savait, ma réputation en souffrirait dramatiquement.

— Quand dois-je commencer, monsieur le directeur ?

Un rayon de lumière se faufila entre les volets et éclaira le visage endormi de Sara, plus efficace que n'importe quelle sonnerie de réveil. Avide de sommeil la jeune femme tourna furieusement la tête, mais dut bientôt se résoudre au fait que la nuit était finie...

Ouvrant alors les yeux, elle contempla avec satisfaction les murs du nouvel appartement que son salaire de secrétaire lui permettait de louer depuis quelques mois.

Elle eut un petit rire en se remémorant la physionomie de Rand quand il l'avait visité pour la première fois. Le studio était alors dans un tel état de délabrement qu'il n'avait pu réprimer un cri d'effroi devant l'ampleur des travaux à accomplir.

Pauvre Rand, songea-t-elle ; quand il avait compris qu'elle ne sortirait de là que par la force, il avait admis la situation et s'était même offert pour l'aider à restaurer les lieux.

Pensive, Sara se cala contre les coussins qui lui permettaient de transformer son lit en canapé pendant le jour et laissa ses idées vagabonder au gré de ses souvenirs. L'image qu'elle préférait évoquer était celle de Rand, les cheveux maculés de peinture blanche, à genoux par terre, en train de frotter vigoureusement le plancher tout en protestant à voix basse.

Résistant à l'envie de se recoucher Sara s'étira longuement. Par l'unique lucarne à l'ancienne parvenait la belle lumière de l'aube. La jeune fille se leva, prête à affronter les détails de ce jour nouveau. Pieds nus, elle courut à la fenêtre, impatiente de découvrir ce que lui offrait ce matin d'hiver. Les yeux brillants, elle observa un instant les silhouettes qui se pressaient sur le trottoir mouillé de pluie.

Une certaine exaltation, faite de fatigue nerveuse et de joie, la gagnait. Depuis quelques semaines, elle remplaçait l'assistante de Rand, et ce travail l'enthousiasmait, si harrassant qu'il fût. Pour la première fois depuis qu'elle était employée dans le groupe Phillips, Sara avait l'impression de pouvoir enfin donner la mesure de ses capacités.

Sept ou huit mois plus tôt, elle avait commencé comme simple dactylo dans un pool, un métier dur mais qui ne lui avait pas déplu. La grande salle centrale où elle passait ses journées n'avait pas de fenêtres, mais la décoration en était claire et agréable. Rand tenait absolument à ce que ses employés disposent de tout le confort qu'il pouvait mettre à leur disposition.

Le soir, elle se rendait à ses cours — ce qui la forçait à travailler jusqu'à douze heures par jour — mais elle ne s'en plaignait pas tant elle avait hâte de rembourser les dettes de son père. La nuit, trop abrutie de fatigue, elle ne prenait plus le temps de pleurer et s'endormait comme une enfant.

Bien sûr, Sara ne sortait pour ainsi dire plus, décourageant systématiquement les hommes qui voulaient l'inviter. Comme elle ne s'accordait pas la moindre fantaisie afin de placer tout ce qu'elle gagnait à la banque, se contentant de son petit studio dans un quartier modeste de San Francisco et n'achetant que le strict nécessaire, Rand l'accusait parfois de jouer les martyres. Mais la jeune femme n'en avait cure.

Son sacrifice le plus difficile à consentir, au début, avait concerné le renouvellement de sa garde-robe. Le souvenir de l'attention que son père attachait à son élégance lui avait arraché quelques larmes, puis elle s'était résignée à retaper ses toilettes du mieux qu'elle le pouvait.

Quant à Rand, il admettait mal son austérité, sur ce point comme sur tous les autres. De sorte qu'il ne se passait pas de jour sans qu'il ne critique le caractère démodé de ses robes, la vie ascétique qu'elle s'imposait ou l'acharnement qu'elle mettait au travail. Le temps n'y faisait rien : Rand n'acceptait pas que la fille de son ami traverse de telles épreuves. Dans les premières semaines, Sara s'était

30

rebellée contre ce qui lui semblait une atteinte à sa vie privée. Puis, comprenant que ses protestations demeuraient sans effet, elle y avait renoncé, prêtant dès lors une oreille distraite aux récriminations de son compagnon. Le jour n'était pas venu où il cesserait de considérer Sara comme sa protégée !

D'ailleurs, du moment où elle accepta de devenir sa secrétaire, la situation avait empiré. Au moindre signe de fatigue, il lui conseillait de se reposer et, la veille encore, il lui avait suggéré de travailler à mi-temps. En soupirant, Sara examina ses vêtements. Quand comprendrait-il qu'elle ne voulait accepter aucun favoritisme de sa part ?

Elle se considérait comme une employée parmi les autres et demandait seulement qu'il en fît autant. Comment parvenir à prouver sa valeur s'il persistait à l'entourer de mille sollicitudes ? Mme Burns, sa secrétaire habituelle, qui avait aussi été celle de son grand-père, méritait de tels égards mais, avec sa jeunesse et sa bonne santé, Sara détestait de se sentir couvée comme une enfant chétive. Malgré cela, elle redoutait cependant le retour de Mme Burns qui l'obligerait à regagner son pool..

Le cœur un peu lourd à cette idée, Sara se rendit dans sa kitchenette pour faire du café ; l'équipement datait du précédent occupant, mais le vieux réfrigérateur et le réchaud à gaz suffisaient à entreposer et à faire cuire la nourriture dont la jeune fille avait besoin. Bien que sommaire, cet aménagement lui permettait de faire l'économie de dîners au restaurant ou de plats préparés par un traiteur.

En attendant que l'eau ait fini de bouillir, Sara continua de réfléchir aux vêtements qu'elle porterait aujourd'hui, hésitant entre une robe de soie verte et un tailleur bleu marine. La dernière solution lui paraissant préférable, elle plia soigneusement jupe et chemisier sur son bras avant de se faufiler dans le couloir misérable qui menait à la salle de bains commune.

Au début, cette promiscuité forcée lui avait terriblement pesé, puis, au fil des jours, le fait de connaître les autres locataires de l'étage l'avait progressivement conduite à accepter les contraintes qu'entraînait un tel manque de confort. Sara aimait bien la vieille Mme Tarrant et le chat qui ne la quittait jamais; elle appréciait aussi Patty, une petite brune piquante, travaillant comme serveuse dans un restaurant. Les trois femmes avaient appris à partager les menus tracas de la vie quotidienne sans pour autant qu'une familiarité excessive ne perturbe leur intimité.

La belle harmonie qui régnait sur le palier avait pourtant bien failli être troublée par l'arrivée, deux mois auparavant, d'un charmant jeune homme, Fred Smalley qui s'était installé dans un appartement jusqu'alors vide. Les maîtresses des lieux avaient redouté le pire en imaginant le désordre qu'un étudiant pourrait semer dans leur petit royaume. Heureusement, l'intrus avait su s'adapter aux exigences de ses voisines qui bientôt, l'avaient considéré comme le plus capable, le plus discret et le plus serviable des hommes.

Cependant, un incident avait, un soir, compromis

son séjour parmi elles. Comme Fred adorait parler, il avait pris l'habitude d'offrir une ou deux fois par semaine, du thé à ses nouvelles amies. Sara et lui discutaient tranquillement de tout et de rien, quand, brusquement, Rand avait frappé à la porte... L'expression qui s'était peinte sur son visage en apercevant le jeune homme témoignait d'une telle fureur que Sara avait perdu contenance, aggravant ainsi la situation. Il avait fallu user de trésors de diplomatie pour qu'il admette enfin qu'il ne s'était rien produit de coupable entre les deux voisins.

En se souvenant de cette scène de vaudeville, la jeune fille se mit à rire. Rand était tellement méfiant et jaloux que ce travers en devenait parfois comique.

Bien réveillée, à présent, par les longues minutes passées sous un jet d'eau brûlant, elle observa d'un œil satisfait le reflet que lui renvoyait le miroir. Un coup de peigne dans sa chevelure épaisse, un soupçon de maquillage, elle était parfaitement ravissante. D'ailleurs, quelqu'un essayait d'actionner la poignée.

— Voilà ! lança-t-elle gaiement en ouvrant la porte.

— Bonjour, Sara, répondit Fred d'une voix ensommeillée.

— Tu t'es encore couché à des heures impossibles ! le gronda Sara sur un ton moqueur.

— On ne peut pas dire que tu en sois responsable, grommela-t-il.

En guise de consolation, elle lui tapota le bras.

— Pour me faire pardonner, je te prête mon sèche-cheveux.

Il acquiesça sans grande conviction.

— Quelle générosité ! mais dis-moi : à ton avis, Rand Emory jouera-t-il les trouble-fête, ce soir ?

— Pas que je sache. Pourquoi ?

Il posa sur elle un regard tout brillant d'innocence.

— Voyons, ma belle, il faudra bien que je te le rende un jour, ce séchoir !

— Quand cesseras-tu de te moquer de mon protecteur ?

— Il est donc si important pour toi que tu le défendes avec tant d'ardeur ?

Elle s'immobilisa au milieu du couloir.

— Non, quelle question ! Bonne journée, Fred.

Elle était arrivée devant sa porte quand le jeune homme la rejoignit en deux enjambées.

— Que t'arrive-t-il, Freddie ?

— Tu as oublié de me laisser ton séchoir.

— Tu mériterais de garder les cheveux mouillés pendant toute la journée !

— Pour avoir découvert que tu préférais passer la soirée avec M. Emory plutôt qu'avec moi ?

Sara se sentit rougir jusqu'aux oreilles.

— Tu sais très bien que Rand est avant tout, le directeur de l'entreprise où je travaille. A part cela, je n'entretiens avec lui que des relations purement amicales.

— Faut-il que l'amour te rende aveugle, ma belle !

— Agacée par ces insinuations, Sara ne put,

toutefois, s'empêcher d'y réfléchir au cours des heures qui suivirent. D'ailleurs tout allait de travers, ce matin-là. Elle cassa le talon de son escarpin en courant après l'autobus et fut obligée de retourner chez elle en boitant pour changer de chaussures, ce qui la mit en retard au bureau. Pour comble d'infortune, Mme Burns, l'assistante de Rand, avait choisi ce jour pour réapparaître et elle ne se priva pas de désigner à la jeune fille la pendule d'un air courroucé.

Troublée par ce premier contact avec la secrétaire de Rand, Sara trouva le moyen de déclasser les dossiers qu'elle avait préparés en son absence, puis de faire attendre un client important au téléphone en oubliant de signaler l'appel, ce qui lui valut un sermon de la part de la vieille femme scandalisée. C'est le moment que choisit Rand pour les rejoindre et, au lieu de s'éclipser discrètement, il s'installa sur le bord de son bureau afin d'écouter tranquillement les remontrances dont Sara était la victime.

Leurs regards se croisèrent et la jeune femme se rendit compte avec indignation qu'il s'amusait fort de la situation.

3

Sara poussa un soupir d'épuisement ; gravir l'escalier qui la conduisait chez elle représentait aujourd'hui une vraie torture. Elle avait mal partout, ses jambes vacillaient de fatigue, elle n'avait jamais passé une aussi mauvaise journée et n'aspirait qu'à prendre une douche et à se coucher au plus vite. Comme elle n'avait presque rien mangé depuis la veille, son estomac criait famine mais il attendrait jusqu'au lendemain, le courage lui manquait pour se préparer quoi que ce soit.

— Sara ?

La jeune femme fit volte-face en entendant appeler son nom à voix basse et déclara :

— Pas ce soir, Fred !

— Tu as un visiteur, ma chère.

A part eux, il n'y avait personne dans le couloir.

— Ce n'est pas le moment de plaisanter, je suis rompue.

Avec une mimique comique, il s'approcha d'elle sur la pointe des pieds.

— Parole de scout ! chuchota-t-il en désignant du

doigt le studio de la jeune fille. M. McCauley l'a laissé entrer.

De plus en plus étonnée, elle secoua la tête en souriant.

— Tu veux rire ! Le concierge n'aurait jamais fait une chose pareille !

— Bien sûr que si, puisqu'il le prend pour ton... protecteur.

— Mais je n'ai...

Comprenant soudain, Sara porta la main à son front :

— Oh ! Grands dieux ! Que me veut-il encore ?

— Toi, je suppose.

— Je t'ai déjà dit que tu te trompais !

Fred eut un sourire entendu.

— Je ne t'ai pas cru un seul instant. D'ailleurs, j'ai vu son visage quand il est entré chez toi. Il était pâle d'émotion.

Elle ne put réprimer une grimace.

— Quelle genre d'émotion ? De la colère ?

— Plutôt, oui.

Fred ne plaisantait plus. Prenant son courage à deux mains, Sara sortit ses clefs de son sac. La confrontation qui l'attendait menaçait d'être difficile.

— Te voilà prévenue, Sara...

— Merci, Freddie ! lança-t-elle en actionnant la poignée.

La voix glacée de Rand s'éleva avant qu'elle n'ait eu le temps de refermer sa porte.

— Où diable étiez-vous ? Savez-vous l'heure qu'il est ?

38

Heureusement, songea-t-elle, que Fred m'a prévenue. Le fait de rencontrer Rand par surprise aurait sans doute créé un tel choc que je me serais effondrée sur place.

Soucieuse de se trouver une contenance, Sara arbora une expression hautaine et ne répondit rien, se contentant de consulter sa montre du coin de l'œil. Elle était arrêtée.

— Il est sept heures et demie passées, ce n'est pas si tard, déclara-t-elle enfin.

— Passées, en effet! s'exclama-t-il en posant les mains sur ses hanches. D'une heure et demie, pour être exact. Comme les vacances de Pâques sont commencées, il est impossible que vous ayez assisté à un cours.

La jeune femme était trop fatiguée pour se laisser impressionner.

— Subtile déduction! observa-t-elle d'une voix suave.

— Où étiez-vous, Sara?

Elle préféra ignorer la tempête qui étincelait dans ses yeux gris.

— Cela ne vous regarde pas.

Sans avoir le temps de comprendre ce qui lui arrivait, elle se sentit agrippée par les épaules et se retrouva debout.

— Dois-je vous demander avec qui vous étiez? siffla-t-il entre ses dents.

Mesurant soudain l'étendue de sa fureur, Sara le regarda avec étonnement. Qu'avait-il pu se produire qui justifiât une telle réaction?

— Allez-vous me répondre?

39

Vaincue par la faim, la fatigue et l'émotion, Sara frissonna de tout son corps et dut se retenir à lui pour ne pas perdre l'équilibre. Elle lui fut reconnaissante de l'aider à se redresser — fût-ce d'un geste dénué de toute tendresse — et renonça à l'idée de lui expliquer qu'il n'avait aucun droit sur elle. Aussi exposa-t-elle les motifs de son arrivée tardive sans protester.

— Vous avez travaillé si longtemps ? Mais pourquoi, au nom du ciel ?

Elle esquissa un pauvre sourire.

— Je n'ai fait que des sottises, aujourd'hui, et, comme je regagne le pool à partir de demain, j'ai voulu que tout reste en ordre derrière moi.

— Qui vous a dit que vous alliez reprendre la dactylo ?

Elle lui lança un regard excédé :

— Vous n'avez plus besoin de moi, maintenant que Mme Burns est rentrée.

— Ah ! Nous voici dans le vif du sujet. C'est précisément pour cette raison que je venais vous voir, ce soir.

Comme il s'interrompait, Sara ne put s'empêcher de le presser :

— Ne vous moquez pas de moi, Rand. Si vous êtes sérieux, racontez-moi vite ce qui vous amène ici.

— Je voulais vous en parler dès ce matin mais vous étiez... occupée.

Au souvenir de son altercation avec Mme Burns, la jeune femme rougit.

— J'ai eu l'impression que cette scène vous faisait plaisir ! lança-t-elle vivement.

— Quoi qu'il en soit, vous n'étiez pas en état de m'écouter. Aussi ai-je préféré attendre un peu avant de vous proposer de devenir ma secrétaire à titre permanent.

— Comment ?

Devant son air médusé, il partit d'un grand rire.

— Vous n'étiez pas encore arrivée que Bertha me faisait part de son désir de prendre sa retraite. Elle en a largement dépassé l'âge, et nous la gardions par complaisance. Mais son médecin vient de la convaincre de s'arrêter.

Sara n'osait y croire tant la proposition se révélait intéressante. Mais, quand elle se rendit compte de l'indulgence avec laquelle il la contemplait, toute sa joie disparut pour faire place à un doute grandissant. Pourquoi lui offrait-il ce poste alors que tant de secrétaires confirmées pouvaient y prétendre à sa place ? N'avait-il pas l'intention de la surveiller de plus près ?

— Je crois que d'autres sont plus qualifiées que moi, Rand.

— A la fin juin, vous serez diplômée en gestion, répliqua-t-il, déconcerté par cette réaction. Je vous ai déjà dit que votre promotion serait fonction de vos mérites ; je n'ai pas changé d'avis. Vous êtes plus que compétente pour occuper ce poste et vous le savez aussi bien que moi.

Par défi autant que par fierté, Sara releva le menton :

— Vous est-il donc si facile de lire dans mes pensées ?

— Oh ! oui !

Son intonation était si amère qu'elle en fut surprise. Il poursuivit plus bas :

— Mais je ne suis pas là pour discuter. Acceptez-vous, oui ou non ?

— J'aimerais bien, oui, mais...

— Vous et votre maudite fierté !

— Ecoutez, je suis certaine que vous ne me faites pas cette proposition par pure gentillesse. J'aimerais donc savoir pourquoi. Vous me reprochez souvent de n'être qu'une enfant. Dans ces conditions, comment serais-je, tout d'un coup, capable de vous seconder ? Comme tout adulte placé devant une nouvelle responsabilité, je cherche à analyser la situation, et il semble que mon hésitation vous mette hors de vous. Serait-ce parce que vous avez envie de garder tout pouvoir sur moi sans que j'émette la moindre protestation ?

Il recula pour la dévisager d'un air consterné.

— Pensez-vous vraiment ce que vous venez de dire, Sara ?

En haussant les épaules, elle se détourna du regard blessé qu'il avait posé sur elle.

— Comment en serait-il autrement, Rand ?

— Pourquoi n'évoquons-nous jamais ni amitié ni estime quand nous parlons de nos relations ? Je ne parviens pas à comprendre la raison de l'hostilité entre nous dès que nous nous trouvons ensemble. Si j'ai envie de vous garder auprès de moi, c'est que vous représentez beaucoup pour moi, Sara.

42

Pour un peu, il lui aurait donné l'impression de n'être qu'un monstre d'ingratitude. Pourtant, elle-même avait bien des raisons de se plaindre de son attitude, songea-t-elle. Il la prenait pour une enfant, il entendait se charger de son éducation et s'étonnait pourtant de la voir se rebiffer.

Sara souhaitait qu'il la considère comme une femme à part entière et non comme une petite fille. Elle se rendait parfaitement compte qu'en cédant à son autoritarisme insensé, elle perdrait toute considération pour elle-même. D'autre part, elle refusait l'idée de passer son temps à se battre contre lui pour gagner un tant soit peu de liberté car elle savait qu'à la longue leurs rapports en seraient compromis. Il lui fallait garder intacte son identité et, cependant, elle aimait trop Rand pour vouloir l'effacer de sa vie.

Pétrifiée par ce qu'elle venait de découvrir, Sara voyait brusquement remonter à la surface cette vérité si longtemps refoulée. Ses sentiments envers lui n'étaient plus ceux de l'adolescente timide et renfermée d'autrefois. Ils avaient mûri, évolué, pour devenir une attirance profonde et indestructible.

Malheureusement, à cause des circonstances si particulières qui avaient vu naître leurs relations, il mettait un point d'honneur à ne pas la considérer comme une femme parmi les autres. D'après ce qu'elle entendait au bureau, Rand menait plutôt joyeuse vie, passant d'une aventure à l'autre sans jamais s'attacher. Par désir d'indépendance, il préférait sans doute continuer à la prendre pour l'adolescente d'autrefois, plutôt que de risquer de se laisser séduire par la femme qu'elle était devenue.

Pourtant, Sara aurait juré qu'il éprouvait à son égard des sentiments comparables aux siens. La pâleur de son visage, son trouble si apparent le prouvaient aujourd'hui à l'évidence.

— Vous sentez-vous bien, Sara ?

Elle entendit sa voix, vit le regard anxieux qu'il posait sur son visage défait, sensible à l'extrême à la troublante sensualité qui émanait de lui, incapable de répondre à sa question. Sa présence dans ce studio, la proximité de son corps la bouleversaient si fort qu'elle percevait les battements accélérés de son cœur qui cognait dans sa poitrine, espérant de toutes ses forces qu'il ne remarquerait pas son émotion.

— Ma chérie, quelque chose ne va pas ? Vous ne vous sentez pas bien ?

— Rand, je...

Levant sur lui d'immenses yeux éperdus, elle se mit à frissonner des pieds à la tête quand il posa les mains sur ses épaules. Il lui semblait n'avoir jamais connu sensation plus exquise ni plus effrayante d'intensité. Cédant à un mouvement involontaire, elle se blottit alors contre lui, respirant avec ivresse l'odeur de ses vêtements, de son corps, de sa peau. Mais après quelques instants de cette éternité, elle voulut s'éloigner de lui, échapper à son emprise. La tête lui tournait, ses jambes vacillaient sous elle...

— Depuis quand n'avez-vous rien mangé ?

Il l'avait étendue sur le canapé et avait glissé un coussin sous sa tête. Cette question prosaïque contrastrait tellement avec le vertige d'émotions qui s'était emparé d'elle que Sara partit d'un fou rire nerveux.

— J'ai dîné.

Il haussa un sourcil.

— Ce soir ?

Un peu honteuse de voir son mensonge aussi vite découvert, elle baissa les yeux.

— Non, mais je...

Pour toute réponse, il lui coupa la parole d'un juron prononcé trop bas pour qu'il s'adressât vraiment à elle. Cependant, elle prit un air scandalisé :

— Ce n'est pas la peine de me parler sur ce ton !

— Il faut bien vous secouer un peu pour que vous deveniez raisonnable. Décidément, vous avez besoin que quelqu'un s'occupe de vous.

La jeune femme serra rageusement les poings. Avec quelle virtuosité il savait tourner la situation à son avantage en lui abandonnant le mauvais rôle ! Elle lui ferait perdre ces mauvaises habitudes.

Sara s'apprêtait à riposter d'une réplique cinglante quand brusquement, le spectacle de son beau visage penché sur elle lui fit perdre contenance. Il approcha ses lèvres des siennes, leurs souffles se joignirent... Leur baiser fut si voluptueux qu'elle abandonna toute résistance. Elle avait besoin de se sentir désirée autant qu'elle le désirait. Il s'éloigna d'elle et lui adressa un sourire empreint de douceur. Les tempes bourdonnantes, elle lui entoura le cou de ses bras.

— Voulez-vous vraiment vous occuper de moi, Rand ? Vous savez que je vous donnerai assez de fil à retordre pour devoir me surveiller... de très près.

Devant l'intonation malicieuse qu'elle venait d'adopter, il fronça les sourcils :

— Vous me provoquez, dirait-on ?

— Et quand bien même ?

— C'est un jeu dangereux, ma douce.

— Est-il pire que de s'affronter sans arrêt ?

En le voyant marquer une hésitation, elle savoura son triomphe. Mais il fut de courte durée, Rand détachait lentement les mains qui lui emprisonnaient la nuque et se redressait :

— Il serait moins dangereux si j'étais certain que vous puissiez en assumer les conséquences.

L'air agacé, il secoua la tête en marmonnant d'un ton de reproche :

— Petite folle ! A quoi voulez-vous en venir, au juste ?

Blessée, Sara laissa éclater sa colère.

— Je croyais que vous désiriez instaurer des relations plus... affectueuses entre nous.

— Vous interprétez mal mes propos, Sara. Je n'attends pas que vous vous comportiez de manière déplacée.

Le coup était trop dur. La jeune femme chancela.

— Je ne voulais pas... Je...

Déjà il reprenait un air moqueur, plantant sa dernière banderille :

— Vous avez toujours manifesté si peu d'empressement à mon égard que vos protestations ne font que me décevoir un peu plus.

— Vous ne diriez pas cela si j'étais une autre femme ! s'écria-t-elle au bord des larmes. Je ne suis plus une petite fille, Rand !

— Est-ce pour cette raison que vous tentez d'exercer vos charmes sur le premier homme venu ?

De nouveau, il marqua une hésitation, puis tendit la main pour écarter une mèche qui tombait sur le front de la jeune femme. Un geste particulièrement délicat, elle s'en rendit compte et, paradoxalement, cette délicatesse la fit souffrir à l'extrême. C'était comme s'il s'éloignait déjà d'elle, prenant garde à chacun de ses mouvements afin qu'elle ne se méprît plus sur leur sens.

En définitive, songea-t-elle avec désespoir, il vaut mieux qu'il me considère comme une enfant inconsciente de la portée de ses actes plutôt que comme une femme amoureuse. S'il se doutait vraiment de ce que je ressens pour lui, il n'hésiterait pas à l'utiliser à son avantage. Il me proposerait de nouveau le mariage afin de mieux remplir selon lui, la promesse qu'il a faite à mon père, et, en ce moment, je suis capable d'accepter la moindre parcelle d'affection qu'il pourrait m'offrir...

Le mieux à faire pour se sortir de ce pas difficile était d'adopter le ton de la plaisanterie. Répugnant à user d'un tel procédé, Sara se résigna tout de même à demander sur un ton mutin :

— Un jour vous m'avez proposé de vous épouser, Rand. J'ai presque vingt et un ans et aujourd'hui, j'ai décidé d'accepter.

— Que vous arrive-t-il ? demanda-t-il d'un air médusé.

Elle battit des cils et reprit d'une voix flûtée :

— Vous refusez donc ma proposition, très cher Rand ?

Il renversa la tête en arrière et éclata de rire.

— Bravo! s'écria-t-il. J'ai failli marcher! J'ai bien cru un instant que vous cherchiez à me mettre au pied du mur.

Elle leva sur lui un regard innocent.

— Ferais-je une chose pareille?

— Sans aucun doute! répliqua-t-il gaiement en se levant. Et maintenant, que diriez-vous d'aller dîner? Le jeûne ne vous réussit pas, et j'aimerais vous voir de meilleure humeur.

Réprimant un soupir, Sara secoua la tête et parvint même à lui sourire :

— Je suis vraiment trop fatiguée pour bouger, Rand!

Il eut une expression navrée et lui caressa la joue du dos de la main :

— Est-ce que je ne vous en demande pas trop en vous proposant d'être ma secrétaire, Sara? Sentez-vous libre de refuser si vous pensez que c'est préférable. Vous allez encore passer six mois très durs à cause de vos cours, et je ne tiens pas à vous accabler de travail.

D'une main énergique, elle le poussa jusqu'à la porte, s'étonnant de rester si calme malgré les sanglots qui se bousculaient dans sa poitrine.

— Ne vous inquiétez pas, assura-t-elle. A cinq heures pile, tous les soirs, j'aurai quitté le bureau.

— Promettez-moi tout de même de manger quelque chose avant de vous coucher, insista-t-il. Vous me paraissez complètement à bout, ma chérie.

Sara réussit à sourire jusqu'à ce qu'il eût disparu au coin du couloir. Sa tête battait comme un tambour, et la simple idée d'absorber de la nourriture lui soulevait le cœur. Claquant la porte derrière elle, elle éteignit la lumière et se jeta de tout son long sur le canapé sans prendre le temps de se déshabiller. Dans l'intimité de l'obscurité, elle pouvait enfin se laisser aller au chagrin d'une femme écrasée de solitude, rêvant de bras tendres où se blottir. Elle pouvait pleurer comme cela ne lui était plus arrivé depuis la mort de son père, sachant que personne nulle part n'entendrait l'écho de sa souffrance.

4

Sara rentrait de déjeuner quand elle entendit la voix de Rand qui l'interpellait :

— Où diable avez-vous mis le contrat Burroughs sur lequel je réfléchissais ce matin ?

— Attendez un instant ! répondit-elle sèchement, outrée de l'accueil qu'il lui réservait.

Sans prendre le temps d'ôter son manteau, elle se dirigea vers l'armoire de classement, chercha un instant dans la liste alphabétique, puis sortit le dossier que désirait Rand.

Après le lui avoir remis, Sara s'installa à son bureau en silence, essayant de toutes ses forces de ne pas exploser et lui crier à la figure ce qu'elle pensait de l'attitude qu'il avait montrée envers elle pendant ces derniers mois. Il passait son temps à la réprimander et la jeune femme étouffait de devoir ainsi se tenir sans arrêt sur la défensive. Les rares fois où il devenait aimable ne se rapportaient qu'au travail qu'elle avait fourni, comme s'il ne lui avait plus trouvé le moindre attrait. De sorte qu'elle en perdait peu à peu ce qui lui restait d'assurance.

Depuis cette mémorable soirée passée dans son studio, il paraissait éviter soigneusement toute rencontre avec elle en dehors du bureau.

Malheureusement, Sara avait dû prendre conscience que son amour pour lui la tourmenterait à jamais, comme une maladie incurable. Au long de la journée, elle remplissait chacune de ses tâches le plus efficacement possible mais, dès que Rand apparaissait dans la pièce, il lui était impossible de réprimer les palpitations de son cœur, les élancements ténébrants qui lui aiguillonnaient les nerfs. La tristesse lui avait fait perdre l'appétit, elle ne parvenait plus à trouver le sommeil et passait des nuits entières à réviser ses cours pour fuir les tortures mentales qui la harcelaient. Au moins, songea-t-elle cyniquement, en aurai-je tiré quelque bénéfice, puisque je viens de réussir brillamment mon diplôme de gestion de l'université de San Francisco.

Néanmoins, toutes les astuces de maquillage demeuraient impuissantes à camoufler les cernes gris qui lui marquaient les yeux quotidiennement. Sur ce point, d'ailleurs le regard de Rand devenait chaque jour plus lourd de désapprobation. A l'évidence, il n'appréciait pas sa mine défaite, mais Sara préférait encore lui laisser croire qu'elle travaillait trop ; au moins ne se posait-il pas de questions inutiles sur ses états d'âme. La jeune femme aurait choisi la mort plutôt que de lui permettre de deviner que sa passion pour lui était en train de la consumer vivante.

Complètement désorientée, la jeune femme ne

savait plus comment se comporter vis-à-vis de lui, refusant d'aborder avec lui le moindre sujet personnel, tout en le maudissant, et en se maudissant elle-même pour l'absence de communication réelle qui existait entre eux. Au cours des premières semaines de leur nouvelle collaboration, Rand lui avait proposé à plusieurs reprises de dîner avec lui après ses cours, mais à quoi bon s'il n'y voyait là que l'accomplissement d'un devoir ? A chacune de ces occasions, la jeune femme avait invoqué ses études pour refuser, de sorte que, à la longue, les invitations avaient cessé.

Malgré la distance qui s'était établie entre eux, Rand paraissait n'oublier en rien la responsabilité dont il se croyait investi. Cependant, lorsqu'il manifestait de l'inquiétude pour elle, la jeune fille n'en ressentait que plus d'amertume, et le fossé d'incompréhension qui les séparait s'élargissait toujours davantage. Quand il lui trouvait mauvaise mine, Sara le rassurait d'une explication distante et polie, incapable de se résoudre à l'idée de ne représenter à ses yeux qu'une obligation dont il s'était chargé. Dans un sens, elle rêvait de retrouver leur complicité d'autrefois. Mais d'autre part, elle n'avait aucune envie qu'il continuât de jouer, les grands frères avec elle. Aussi avait-elle élevé des barrières insurmontables devant elle pour ne pas se laisser approcher. Au fil du temps, Rand avait renoncé à toute tentative pour se lier d'amitié avec cette jeune femme hostile.

Paradoxalement, cet abandon la faisait terriblement souffrir. Bien que Sara ait obtenu ce qu'elle désirait plus que tout : son indépendance, elle avait perdu à ce prix l'intérêt qu'il avait naguère montré pour elle. Lui avouer la nature des sentiments qui l'agitaient eût été trop risqué. La jeune fille ne voulait pas lui donner l'occasion de la rejeter. Elle en aurait conçu une trop grande honte.

Il ne lui restait plus qu'à oublier cet amour impossible. Projet facile à énoncer, difficile à réaliser, songea-t-elle amèrement en retenant ses larmes.

C'eût été, pourtant, la solution la plus souhaitable. En se remémorant la souffrance qui grandissait en elle toutes les fois que Rand téléphonait à l'une de ses nouvelles conquêtes, le cœur de Sara se serra douloureusement. Comme il était pénible, alors, de conserver un visage serein et impassible ! Comme il était difficile de continuer à travailler en feignant de n'avoir rien entendu ! Mais le temps passait, et la vie quotidienne se poursuivait normalement, sans heurt ni coup d'éclat de sa part.

Cependant, en de rares occasions, la jeune femme avait l'impression de surprendre dans le regard de Rand une lueur étrange tandis qu'il lui donnait ses instructions, comme s'il avait guetté avec impatience le moment où elle donnerait libre cours à sa désapprobation. Tout en trouvant cette idée ridicule, elle le soupçonnait de trouver un plaisir pervers à la mettre ainsi à l'épreuve.

Coupant court à ses réflexions, la jeune femme secoua la tête et se plongea dans la lecture d'un dossier particulièrement délicat au sujet duquel Rand l'avait priée de rédiger une synthèse. Elle était absorbée par cette tâche ardue depuis un bon quart d'heure quand brusquement, elle se rendit compte que Rand la fixait avec insistance. N'osant lever la tête de peur de croiser son regard, Sara sentit peu à peu une douce chaleur l'envahir. Partagée entre le désir de céder au plaisir que faisait naître en elle l'attention inattendue qu'il lui portait et la volonté d'échapper coûte que coûte à cette situation troublante, elle restait sans bouger, comme pétrifiée sur sa chaise. Puis, n'y tenant plus, elle se leva, s'empara d'un document quelconque et se dirigea vers la photocopieuse en espérant que sa démarche paraîtrait normale. Malheureusement, elle tremblait de tous ses membres.

— J'ai à vous parler, Sara.

La jeune femme sursauta violemment. La moquette épaisse qui tapissait le sol avait étouffé le bruit de ses pas et elle ne s'était pas rendue compte que Rand arrivait derrière elle. Le parfum qui émanait de lui, sa proximité, l'inflexion caressante de sa voix, agissaient sur elle comme un philtre. Effrayée à l'idée qu'il pourrait entendre les pulsations de son cœur qui battait à tout rompre dans sa poitrine, Sara retint son souffle.

— Ai-je besoin d'aller chercher mon bloc de sténo ? demanda-t-elle d'une voix qu'elle voulait assurée.

— Non, ce ne sera pas la peine. Venez vous asseoir, je vous prie.

Que veut-il encore ? Je n'ai commis aucune erreur, que je sache... Pas depuis quelques jours, du moins.

55

— Pourquoi avez-vous annulé les réservations que j'avais prises à votre intention, Sara ?

Il y avait une telle dureté dans sa voix que la jeune femme pâlit.

— De quel droit vous permettez-vous de décider sans me consulter, du lieu et de la date de mes vacances ? riposta-t-elle sèchement.

— Ce n'est pas ainsi que j'envisageais les choses, répondit-il doucement. En réalité, j'avais l'intention de vous offrir un mois de rêve aux Bahamas pour vous féliciter de la manière brillante dont vous avez réussi votre diplôme.

— Je vous remercie pour votre générosité mais il m'est impossible d'accepter.

— Pour être franc, ce n'est pas la générosité qui m'a inspiré ce geste, Sara, mais l'admiration, d'abord...

Il s'interrompit, posa les mains sur la chaise où Sara était assise, l'emprisonnant ainsi de son étreinte.

— L'admiration, donc, et surtout le bon sens. Vous êtes harrassée, ma chérie. Vous avez absolument besoin de repos. Avouez qu'une secrétaire épuisée me serait d'un piètre secours.

— Je reconnais bien là l'homme efficace que vous êtes, Rand. Vous ne ménagez vos employés que lorsqu'il y va de votre intérêt. Néanmoins, je vous suis reconnaissante de si bien veiller sur moi. Même si je refuse votre offre. Je ne suis pas si fatiguée que vous voulez bien le dire, figurez-vous.

— Imaginez que je décide de ne plus garder avec moi une assistante à bout de forces ?

Elle soutint son regard :

— Alors je n'ai plus qu'à chercher du travail ailleurs.

L'expression de Rand s'altéra.

— Bien, murmura-t-il.

Comme il se redressait, elle en profita pour quitter son siège.

— Ce sera tout ? demanda-t-elle.

— Pour le moment, oui.

Au cours des journées qui suivirent, Sara et Rand s'épièrent mutuellement, comme deux ennemis avant la bataille. La jeune femme acquérait progressivement la certitude que le tour qu'avait pris leurs relations ne tarderait plus à devenir irréversible. Cependant, le temps qui passait démentait cette intuition. Il ne se passait rien, en effet, qui pût aggraver la situation.

D'ailleurs, la négociation d'un important contrat commercial occupa bientôt tout leur temps. Comme il s'agissait d'une affaire délicate, de gros intérêts financiers étant en jeu, pendant plusieurs semaines, les réunions succédèrent aux réunions. Et quand, enfin, la consultation finale eut lieu, la jeune femme était littéralement sur les genoux.

Réfléchissant malgré elle à la manière admirable dont Rand avait emporté la partie, Sara rangeait ses affaires en songeant avec délectation au moment où elle se jetterait sur son lit pour y dormir tout son saoûl.

Rand est vraiment très fort ! se dit-elle de nouveau en lisant le compte rendu de la séance qui venait de se tenir. Sur ces entrefaites, elle lui jeta un coup d'œil furtif. Il paraissait recru de fatigue.

— Désirez-vous consulter ces dossiers avant que je les classe ? demanda-t-elle d'une voix toute professionnelle.

— Non, je vous remercie.

— Ne désirez-vous pas les lire une dernière fois ? demanda-t-elle avec surprise.

Habituellement, il vérifiait de très près les moindres documents.

— Je ne suis pas un robot, Sara !

Désorientée par cette réplique inattendue, elle rétorqua vivement :

— Je commençais à me le demander !

— Seriez-vous en train de me critiquer ?

Elle préféra s'en tenir là et se dirigea silencieusement vers son bureau. Elle n'en avait pas franchi le seuil que Rand la rejoignait, lui arrachait les papiers des mains, les jetait sans ménagement sur une étagère et la dévisageait en souriant.

— Je suis fier de vous, Sara !

— Pardon ?

— Vous vous êtes remarquablement comportée au cours de ces négociations. Vous vous êtes montrée charmante, sûre de vous et parfaitement efficace. Je tiens à ce que vous sachiez combien j'ai apprécié votre collaboration.

Interdite, elle ne sut que balbutier un vague remerciement. Il la fit prendre place dans un fauteuil et s'assit en face d'elle.

— Je dois vieillir, murmura-t-il en fermant les yeux.

58

Son col défait révélait la naissance de son torse puissant et Sara baissa les yeux, troublée.

— Ne trouvez-vous pas, insista-t-il, que je suis un peu en dehors du coup ? Vous pouvez me le dire, vous savez.

Agacée par cette attitude inattendue, elle demeura sur ses gardes :

— Il est peut-être temps que vous partiez pour les Bahamas ! lança-t-elle.

A peine avait-elle prononcé ces mots que la jeune femme les regretta : elle venait tout simplement de lui remettre en mémoire un événement qu'elle eût mieux fait de ne pas évoquer. Rand n'apprécierait guère l'insolence de cette allusion.

Cependant, à sa grande surprise, il n'eut pas la réaction violente qu'elle avait escomptée.

— C'est votre meilleure idée de la journée.

La gorge serrée, elle leva les yeux sur lui :

— Quelle idée ? demanda-t-elle d'une petite voix.

— Celle des Bahamas. Il y a longtemps que je n'ai plus fait l'école buissonnière. Je ne pourrai pas prendre le mois complet que j'avais prévu pour vous, mais je pense que j'ai au moins mérité une semaine au soleil.

Se balançant sur sa chaise, il se mit à rêver tout haut :

— Que ne donnerais-je pas pour quelques jours à ne plus rien faire que lézarder sur une plage !

L'image de Rand en train de bronzer sur le sable blanc la troubla plus que tout... Mais elle s'en défendit en déclarant avec agressivité :

— Vous êtes parti en Floride il n'y a pas trois mois !

— J'y étais pour affaires ! Aujourd'hui, je parle de vacances !

Son petit rire la froissa aussi sûrement que s'il l'avait ouvertement traitée de sotte.

— Pourquoi cette mine déconfite, Sara ? Je sais que vous avez refusé mon offre de la semaine dernière, mais vous pouvez toujours venir avec moi si cela vous tente !

— Non, merci !

Il ne parut pas s'en offenser.

— Vous avez raison, approuva-t-il d'un air désinvolte. J'allais oublier les rencontres professionnelles qui auront lieu dans le Nevada la semaine prochaine.

Il poussa un soupir de lassitude auquel elle se crut obligée de répondre par une nouvelle suggestion :

— Vous pourrez toujours partir en vacances après.

Il secoua la tête.

— Si l'affaire que nous avons signée aujourd'hui porte ses fruits, il faudra que je rencontre au plus vite mes partenaires à Los Angeles, d'ici quinze jours. Nous aurons alors beaucoup de travail.

Jamais, depuis qu'elle le connaissait, Sara ne lui avait vu montrer un tel découragement. Cet homme, d'ordinaire si ambitieux, paraissait soudain baisser les bras. Subitement inquiète, elle reprit d'une voix douce :

— Pourquoi ne pas reporter tout cela d'une semaine ou deux ?

Il haussa les épaules :

— Il y a des occasions qui ne se représentent pas deux fois. Si je ne règle pas ces problèmes maintenant, ils pourraient me coûter une fortune.

— Certaines choses sont plus importantes que l'argent ! protesta-t-elle. Vous-même disiez tout à l'heure que vous n'étiez pas un robot.

— Voudriez-vous que j'en oublie mes responsabilités, Sara ?

— Mais non ! Vous pourriez simplement déléguer quelqu'un qui traiterait à votre place de ces questions.

— C'est moi qui ai organisé ce congrès, je me dois d'y participer en personne.

— La plupart de vos représentants seront trop heureux de profiter de cette semaine à Los Angeles pour s'offenser de votre absence !

Evidemment, pensa-t-elle, il ne partage jamais ses pouvoirs. Comment s'étonner dès lors qu'il paraisse fatigué ? Agacée par le peu de cas qu'il semblait faire de ses conseils, Sara ajouta :

— Je connais plus d'une personne parmi vos employés qui seraient capables de vous remplacer au pied levé.

— Par exemple vous ?

— Moi ?

Honnêtement, elle n'y avait pas pensé.

— Mais je ne suis que votre secrétaire !

— Maintenant que vous avez votre diplôme, vous pourriez accéder à un poste plus élevé. Vous exercez bien plus de responsabilités qu'aucune autre secrétaire et vous le savez très bien. Il est temps que vous en tiriez les bénéfices. Prendre en charge ce congrès pourrait être votre première fonction en tant qu'assistante de direction. Qu'en pensez-vous ?

Sara n'eut pas un seul instant envie de refuser. Conscient de son enthousiasme, Rand se mit à sourire.

— Si je comprends bien, vous êtes contente !

— Contente ? Vous n'imaginez pas ce que cette proposition représente pour moi !

— Je crois bien que si, Sara ! répondit-il d'une voix étrange.

La jeune femme remarqua l'expression mitigée qui se peignait sur son visage, puis n'y prit plus garde, tout à la joie que cette nouvelle faisait naître en elle. Maintenant, elle allait pouvoir donner la pleine mesure de ses capacités. Au moment où elle s'apprêtait à quitter le bureau, elle se retourna pour saluer Rand et surprit la lueur triomphante qui brillait dans ses yeux. Une fois de plus, il a réussi à me manipuler, se dit-elle avec dégoût. Je m'offrirai donc des vacances à Los Angeles malgré moi !

Sara faillit revenir sur son accord mais quelque chose dans le regard de Rand l'avertit qu'elle ferait mieux de s'en tenir là. Si elle désirait faire carrière dans cette entreprise, il lui faudrait refréner ses désirs de le contrer sans arrêt comme une enfant mal élevée. L'accuser d'avoir mal agi ne causerait du tort qu'à elle-même. Aussi ravala-t-elle sa colère et se contenta-t-elle d'écouter les instructions qu'il avait encore à lui donner.

Quand, enfin, la jeune femme put quitter la pièce, le regard approbateur dont Rand l'accompagna lui fut d'une maigre consolation. Elle ne pouvait plus reculer, soit, mais, tôt ou tard, il paierait l'humiliation qu'il venait de lui faire subir. Il faudrait que Rand Emory se mette un jour dans la tête qu'elle seule pouvait décider de ce qu'elle avait ou non à faire.

Sara attaqua sans grand enthousiasme la correspondance qu'il lui restait à rédiger, s'efforçant de ne pas écouter la petite voix moqueuse qui ricanait au fond d'elle-même : si tu ne cherches rien de plus que ton indépendance, Sara, pourquoi ne te décides donc tu pas à le quitter, tout simplement ?

La réponse ne faisait pas plaisir à la jeune fille. Elle désirait rester auprès de Rand à n'importe quel prix, fût-ce celui de sa fierté. En dépit de tous les heurts qui survenaient entre eux, elle gardait espoir qu'un jour, il éprouverait pour elle l'amour qu'elle rêvait de partager avec lui. Sara réfléchissait au bonheur qu'il y aurait à trouver le terrain d'une entente durable avec Rand quand, soudain, un coup de téléphone l'interrompit.

— Pourrais-je parler à Rand Emory, s'il vous plaît, mademoiselle.

La voix de l'interlocutrice était jeune et fraîche, à n'en pas douter, elle appartenait à l'une des dernières conquêtes de Rand.

— De la part ?

— De Corine Newman.

— Rand, Corine Newman est au bout du fil.

— Mon Dieu ! Je n'ai pas le temps de m'entretenir avec elle. Auriez-vous l'obligeance de confirmer auprès d'elle notre rendez-vous de ce soir, Sara ?

— D'accord, oui.

La jeune femme rougit sous l'affront, puis, après quelques secondes d'incertitude, raccrocha nerveusement l'appareil. Rand se mordrait les doigts de l'avoir chargée d'une telle mission ! Je ne vais pas dire à Rand que j'ai coupé la communication au nez de sa charmante correspondante, songea-t-elle. D'un geste calme, Sara rangea ses papiers et, un sourire de satisfaction aux lèvres, sortit du bureau.

Mais le téléphone qui sonnait de nouveau la fit revenir sur ses pas.

— C'est encore Corine Newman. Je ne comprends pas, j'ai...

— M. Emory ne veut plus entendre parler de vous, l'interrompit Sara d'une voix sans réplique.

Sur ces mots, elle reposa le combiné.

5

Dans un crissement de frein, l'autobus bleu et blanc se gara pour laisser descendre les passagers. Trop fatiguée pour sauter à terre, Sara descendit lentement les marches et posa un pied lourd sur le trottoir, lasse à l'idée d'accomplir le trajet qui la séparait de son appartement. Mais en passant devant le restaurant où travaillait sa voisine Patty, elle fut prise d'une inspiration subite, et pénétra dans le modeste établissement. Après une attente qui lui parut des siècles, elle parvint à entraîner Patty à l'écart.

— Peux-tu dîner avec moi ?

— Tu tombes bien, j'allais prendre une pause. Je vais avertir mon directeur et je nous amène deux plats.

— Tu me diras ce que je te dois.

— Tu plaisantes !

Sara savait que Patty entretenait des relations très étroites avec son patron, Richard Clark. Aussi s'installa-t-elle tranquillement à sa table. Elle ne s'était jamais liée avec aucune fille de son âge, jusqu'ici, et sa voisine de palier lui offrait une compagnie agréable et apaisante. Devenues confidentes l'une de l'autre, les deux amies partageaient tous leurs secrets. De sorte que Patty n'ignorait rien des déconvenues que subissait Sara dans ses rapports avec Rand...

La serveuse revint bientôt et s'assit en face d'elle en soupirant :

— Seigneur ! Je ne sens plus mes jambes !

— Tu es debout depuis ce matin. Je connais un certain Richard qui doit se féliciter de ne pas te rémunérer à l'heure !

— A qui le dis-tu ?

Mais, les yeux noirs de la jeune femme se mirent à briller :

— Sais-tu qu'il m'a accordé une belle augmentation, le mois dernier ?

— Bravo ! Mais où est passé ton tempérament d'Irlandaise ? Tu parles de lui avec une telle reconnaissance ! On dirait...

Patty hocha doucement la tête :

— Il est si gentil, murmura-t-elle, que jamais je ne lui adresserai le moindre reproche.

A cet instant, Richard Clark apparut, un plateau de victuailles destinées aux jeunes femmes entre les bras. Sans être particulièrement beau, il dégageait une telle tendresse que Sara comprit la raison pour laquelle Patty l'aimait si fort.

— Ainsi, dit-il en prenant place à leur table, vous êtes l'amie dont Patricia m'a tant parlé. Il était temps que nous fassions connaissance !

— En effet !

Mais Richard ne la regardait déjà plus, comme fasciné par la beauté piquante de la jeune Irlandaise.

Sara s'éclaircit la gorge, amusée par la situation.

— Moi aussi j'ai beaucoup entendu parler de vous, Richard.

Il jeta un regard en coin à sa compagne qui rougit brusquement.

— Vraiment ?

— Patty trouve que vous connaissez remarquablement votre travail. J'ai cru comprendre que vous comptiez bientôt ouvrir un deuxième établissement.

Ils passèrent les instants qui suivirent à bavarder avec entrain, jusqu'à ce que le restaurateur se levât pour accueillir de nouveaux clients. Patty poussa un soupir à fendre l'âme.

— Il est merveilleux, n'est-ce pas ?

— Très sympathique.

— C'est tout ? s'exclama l'Irlandaise d'une voix indignée.

Sara se mit à rire de bon cœur.

— Il est fantastique, je te l'accorde ! Mais dis-moi tout : qu'avez-vous décidé pour l'avenir ?

— Je te le raconterais si tu m'expliques toi-même pourquoi tu parais rayonner à ce point.

— Moi ? Je rayonne ?

— Parfaitement, oui. On dirait que tu viens de donner une bonne leçon à Rand !

— Suis-je donc transparente à ce point ?

— Comme du verre. Alors, marché conclu ?

Sara adressa un clin d'œil à son amie en signe

d'acquiescement. Puis elle piqua une fourchette gourmande dans les côtelettes d'agneau qui leur avaient été servies.

— Au fait, Patty, tu ne me feras pas croire que Richard n'a jamais eu droit aux magistrales scènes de colère dont tu es capable...

— La dernière fois qu'un incident de ce genre s'est produit, Richard m'a imposé le silence en m'étouffant sous ses baisers, répondit la jeune femme en souriant.

Il suffisait d'avoir vu Richard la regarder pour savoir qu'il était amoureux de Patty au point de tout lui pardonner. Sara s'en félicita car elle aimait bien cette jeune femme aussi explosive que généreuse. Une nature en or qui méritait bien la tendresse que lui prodiguait son compagnon. A cette idée, son cœur se mit à battre douloureusement. Si seulement il pouvait en être de même pour elle ! Comme elle aurait aimé que Rand la considère avec une dévotion comparable !

Comme si elle avait lu dans ses pensées, Patty tendit vers elle un doigt accusateur.

— Maintenant c'est à ton tour de te confesser. Que t'est-il encore arrivé ?

La jeune fille pâlit au souvenir du tour qu'elle venait de jouer à Rand. Quelle serait sa réaction en apprenant qu'elle avait osé se montrer si effrontément insolente ? D'ailleurs, comment avait-elle pu compromettre à ce point les relations entre deux êtres ? La jalousie lui avait inspiré un geste terrible...

— Sara, que se passe-t-il ? demanda Patty avec inquiétude.

Sara repoussa son assiette, incapable d'avaler une bouchée de plus. S'accoudant sur la table, elle se prit la tête entre les mains et répondit d'une voix lugubre :

— C'est très très grave.

Après un instant d'hésitation, la jeune femme se mit à expliquer à son amie le méfait dont elle s'était rendue coupable.

— Eh bien, on peut dire que tu ne manques pas d'audace ! lança Patty en éclatant de rire.

— J'ai bien peur que Rand ne me renvoie, murmura la jeune fille, horrifiée. Comment ai-je pu agir si stupidement, Pat ?

Cette dernière se calma et avala un verre d'eau pour reprendre son sérieux.

— Si tu veux mon avis, déclara-t-elle enfin, c'est la chose la plus intelligente que tu aies faite depuis longtemps ! Tu sais bien que j'ai toujours désapprouvé la façon dont Rand te traitait. Il était temps que tu réagisses, voyons. Pourvu que la leçon lui profite !

— J'espère que tu ne devras pas venir fleurir ma tombe !

— Ne dis pas de sottises !

L'Irlandaise lui prit la main d'un geste réconfortant.

— La prochaine fois que tu le verras, rappelle-toi que tu avais parfaitement le droit de réagir comme tu l'as fait. Défends-toi et tout se passera bien. Je t'assure que tu te fais du souci pour rien. Qui sait s'il ne va pas trouver la chose plutôt drôle !

Rassérénée par l'optimisme de son amie, Sara

rentra chez elle ; une douche acheva de la calmer et, en se séchant vigoureusement, elle s'efforça de chasser de son esprit toute pensée concernant cette malheureuse affaire. Elle avait enfilé sa chemise de nuit préférée et achevait de se sécher les cheveux quand elle crut vivre un mauvais rêve : on frappait brutalement à sa porte.

— Ouvrez, Sara !

C'était Rand ! La jeune femme eut l'impression qu'elle allait s'évanouir.

Lorsqu'il entra dans le studio tout espoir de le voir s'amuser de son initiative disparut de son esprit. Incapable de le regarder dans les yeux, Sara recula instinctivement. Mais rien n'aurait pu arrêter un homme aussi furieux.

— Alors ? demanda-t-il d'une voix douce et menaçante à la fois, à quoi vouliez-vous en venir, au juste ?

Les conseils de Patty lui revinrent en mémoire et, s'interdisant de lui demander grâce, Sara haussa crânement les épaules :

— En fait, je ne saurais l'expliquer.

— L'idée vous a tentée, c'est cela ?

Il s'approcha d'elle, posa les mains sur ses épaules et la serra contre lui. Déconcertée par ce comportement inattendu, Sara ne savait plus que faire.

— Rand, je...

— Taisez-vous, ma chérie, murmura-t-il. Après votre coup d'éclat de l'après-midi, je ne pense pas que vous ayez grand-chose à dire ! Je n'écouterai pas vos excuses, de toute façon.

Une colère salutaire s'empara d'elle.

70

— Si quelqu'un doit s'excuser, ici, s'exclama-t-elle avec rage, c'est bien vous ! Je suis votre secrétaire et vous n'avez pas à exiger de moi que je transmette vos messages personnels.

— Où êtes-vous...

— Non ! coupa-t-elle en se dégageant. Vous n'abuserez pas plus longtemps de vos droits sur moi. Je suis un être humain, pas l'enfant naïve que vous semblez vous complaire à voir en moi !

— Savez-vous ce que m'a coûté votre mouvement d'humeur ?

— Une scène de ménage ?

Comme il ne répondait rien, elle croisa son regard et y lut la même lueur triomphante qu'elle avait déjà surprise dans l'après-midi.

— Ainsi, déclara-t-il en souriant, l'idée que je puisse entretenir des relations intimes avec une femme vous met hors de vous, n'est-ce pas ? Dès lors que cette hypothèse se transforme en certitude, votre jalousie devient telle que vous feriez n'importe quoi. Je me trompe ?

— Il n'est pas question de jalousie !

— En grandissant, vous avez appris à vous défendre. C'est très normal et très juste. Mais vous semblez oublier que, lors d'un combat, il faut prévenir l'adversaire des griefs que l'on a contre lui. En l'occurrence, vous me reprochez de ne pas vous courtiser. Pourquoi n'avoir pas fait en sorte que je le comprenne avant cet incident malheureux ? Je n'attendais qu'un signe de votre part, figurez-vous.

— Vous voulez dire que...

Il hocha la tête.

— Vos petits airs distants ne m'ont jamais fait plaisir, croyez-moi. Pendant des mois, j'ai tenté de m'accommoder de votre froideur, jusqu'au jour où j'ai compris ce que signifiaient les grands yeux pleins de reproche que vous posiez sur moi.

Il marqua une pause et s'assit tranquillement en face de la jeune femme qui mourait littéralement d'impatience :

— A quelle élucubration vais-je encore avoir droit ?

— La vérité seule inspire mes propos, ma chère ! J'ai vraiment fait tout ce que j'ai pu pour vous faire réagir, mais mes efforts sont restés vains. Il fallait toujours que vous vous retranchiez derrière votre personnage de parfaite petite secrétaire. Aussi ai-je fini par utiliser les grands moyens pour vous faire sortir de votre coquille d'indifférence.

— Vous avez réussi, annonça-t-elle froidement. J'espère que vous en êtes satisfait.

— Pas encore.

Ses grands yeux gris la fascinaient tant qu'elle n'esquissa pas le moindre geste de protestation lorsqu'il la prit dans ses bras. Malgré la petite voix qui lui intimait de se libérer de son étreinte, Sara demeurait immobile, bouleversée par le contact de son corps contre le sien. Il était si doux de se retrouver dans ses bras qu'elle n'avait plus la force de lutter contre le désir qu'il faisait naître en elle. De sorte que, lorsque ses lèvres s'approchèrent des siennes, elle s'abandonna au baiser passionné qui les emportait loin de tous leurs soucis.

Ils s'embrassèrent longuement, conscients l'un et

72

l'autre qu'ils exauçaient là le plus cher de leurs vœux. Il leur semblait que le monde réel n'existait plus, que les problèmes qui avaient compromis leurs retrouvailles s'étaient évanouis comme de la fumée chassée par le vent.

Blottie dans les bras de Rand, Sara s'émerveillait de sentir son corps dur et puissant plaqué contre le sien. Elle aurait aimé que ces instants parfaits se prolongent indéfiniment.

Mais déjà, soucieux de contempler la silhouette ravissante de sa compagne, Rand défaisait les boutons de sa chemise de nuit, dénudant ses épaules rondes et soyeuses, la naissance de sa gorge voluptueuse... Le vêtement allait tomber à ses pieds quand, brusquement il l'empêcha de glisser.

— Rand, je...

— Oh ! Sara !

— Aimez-moi, Rand, murmura-t-elle fiévreusement contre sa bouche.

— Vous ne savez pas ce que vous dites ! articulat-il en fermant les yeux. Je... pas comme cela !

S'agrippant à lui, elle écarquilla les yeux :

— Que voulez-vous dire ?

— J'ai profité de votre colère pour vous faire perdre la tête.

— Cela n'a plus beaucoup d'importance, maintenant !

— Si ! souffla-t-il.

Il semblait lutter de toutes ses forces pour retrouver le contrôle de lui-même.

— Je ne voulais pas que nous en arrivions là, reprit-il, les paupières closes. Si nous ne nous

73

séparons pas immédiatement, je ne pourrais plus me regarder dans une glace.

Interdite, Sara crut déceler l'expression d'un reproche amer dans le ton de sa voix et se dégagea avec une violence désespérée de ses bras.

— Est-ce là tout ce que vous attendiez de moi, Rand ? lança-t-elle d'une voix brisée. Qui vous dit que ce n'est pas moi qui suis parvenue à mes fins ?

— Peu importe, Sara. Il faut oublier ce qui vient de se produire.

Avait-il à ce point recouvré ses esprits qu'il pût rayer d'un trait l'émotion qu'ils avaient partagée à l'instant ? Etait-il possible qu'il n'ait jamais cessé de la tourner en ridicule en feignant un désir qu'il n'éprouvait pas ? Non, c'était inconcevable.

Il se leva et sortit en claquant la porte. Un long moment, la jeune fille demeura figée sur place, incrédule et accablée. Puis elle se résigna à gagner son lit mais fut incapable d'y trouver le sommeil. Le souvenir de la cruauté dont Rand avait fait preuve, celui de sa propre maladresse, la harcelèrent pendant toute la nuit.

6

Installée au dernier étage du Grand Hôtel de Las Vegas, Sara regardait par la fenêtre, le visage crispé de détresse. Le spectacle valait pourtant la peine d'être admiré. De fins nuages rosés auréolaient d'un halo brumeux les sommets mauves de la Sierra Nevada. En soupirant, elle colla le front contre la vitre épaisse et ferma les yeux pour ne plus voir le reflet de ses traits tirés dans l'encadrement de la fenêtre.

La jeune femme était pourtant superbe et il était dommage qu'elle l'ignorât. Ses longs cheveux bruns tombaient souplement jusqu'à sa taille, soulignant de leur sombre éclat la pâleur de sa peau presque transparente tant elle était fine et mettait en valeur le dessin de son visage ravissant.

Malheureusement, le chagrin assombrissait l'éclat de ses beaux yeux noirs, un tremblement imperceptible agitait ses mains déliées... Sara se consumait de tristesse et d'amour.

Comme elle venait, en effet, de passer une semaine affreuse à supporter le comportement glacial de Rand, elle était parvenue au bout de ses forces.

En dépit de son peu d'enthousiasme initial à l'idée de participer au congrès organisé à Los Angeles, elle en était arrivée à l'attendre comme une véritable délivrance, tant ses relations avec Rand étaient devenues insupportables. Quelques jours passés loin de lui permettraient peut-être à la jeune fille de voir plus clair dans son esprit, de comprendre ce qui s'était produit entre eux. En cette occasion, peut-être se résoudrait-elle à admettre que cet homme si séduisant ne la considérerait jamais comme une femme désirable.

Reprenant courage, Sara rouvrit les yeux et contempla la danse gracieuse que les pans effilochés de brume dessinaient dans le ciel. Le soleil déclinait, empourprant l'horizon d'une merveilleuse lumière orangée.

Que font les autres participants à cette heure ? se demanda-t-elle, irritée à l'idée qu'ils se réjouissaient sans doute de ce séjour si agréable dans un établissement luxueux.

Il faut dire que Rand avait bien fait les choses. Retenant des chambres dans l'établissement le plus luxueux de la ville, il s'était arrangé pour que cette semaine de conférences soit assortie d'une longue succession de plaisirs. Pourtant, Sara envisageait l'avenir sous son jour le plus noir. Le voyage l'avait épuisée et, au lieu de prendre un bain pour se détendre, elle fixait l'horizon d'un œil vague, trop lasse pour entreprendre quoi que ce soit.

Il faut impérativement que je me secoue, songea-

76

t-elle brusquement en s'avançant dans sa chambre. Pour la première fois depuis son arrivée, la splendeur de la pièce lui sauta aux yeux. Recouvert d'une épaisse moquette où les pieds s'enfonçaient mollement, le sol était de surcroît jonché de magnifiques tapis d'Orient dont les couleurs chaudes s'harmonisaient au lin saumon qui tendait les murs. Une spacieuse commode en marquetterie de style Louis XVI remplaçait avantageusement les placards que l'on met d'ordinaire à la disposition des voyageurs. Elégant et discret, le meuble qui servait de penderie était en chêne massif et cette pièce authentique était signée par l'un des plus fameux ébénistes du XVIIIe siècle. Cependant, malgré cette opulence, l'atmosphère qui régnait en ces lieux n'évoquait en rien celle d'un musée. Deux profonds fauteuils capitonnés de soie grège ainsi qu'un 'mmense lit qui invitait irrésistiblement au sommeil, créaient une impression de confort enveloppant et moelleux auquel le visiteur ne pouvait demeurer insensible.

Je vais être bien, ici, songea la jeune femme en examinant ce véritable petit paradis d'un œil appréciateur.

Espérant qu'une douche la remettrait complètement d'aplomb, Sara se dirigeait vers la salle de bains quand elle remarqua un énorme bouquet de roses feu qui trônait sur un guéridon en merisier. Doutant que le directeur de l'hôtel poussât si loin les attentions dont il comblait ses clients, elle s'approcha de la table et y découvrit une lettre posée contre le vase.

« Ma chère Sara, voici des fleurs qui j'espère mettront un peu de lumière dans votre journée et surtout, vous inspireront une douce pensée pour moi. J'aimerais que vous sachiez à quel point je regrette le quiproquo qui est survenu lors de notre dernier tête-à-tête... Tendrement. Rand. »

Bouleversée par la gentillesse de ce message, Sara dut s'asseoir tellement ses jambes tremblaient. Elle lut et relut les mots qu'il avait écrits pour elle, dix fois, vingt fois, jusqu'à ce que la tête lui en tourne... Puis, brusquement, le caractère trop allusif de ces phrases fit naître en elle une immense déception. Rand désignait sous le nom de « quiproquo » le fait de n'avoir pas voulu répondre au désir si follement fiévreux qu'il avait fait naître en elle. Quelle conclusion tirer de cette caractérisation énigmatique ? Signifiait-elle que, malgré son refus d'étancher la soif qu'elle avait de ses baisers, il eût souhaité qu'en d'autres circonstances, il soit possible de prouver à Sara qu'il l'aimait ?

Cette solution est invraisemblable, songea amèrement la jeune femme. Par cette lettre, il cherche simplement à s'excuser de n'être pas capable de me considérer autrement que comme sa petite sœur.

Le souvenir des jours qui avaient suivi cette horrible soirée où il avait fui le studio de la jeune femme s'imposa à son esprit. Quand ils s'étaient revus, le lendemain, il avait feint la désinvolture, blessant ainsi Sara plus qu'il n'était supportable.

— Pardonnez-moi mon attitude d'hier soir, avait-il déclaré, je vous en prie. Vous étiez si charmante dans votre troublante tenue de nuit que je n'ai pu résister à cette provocation involontaire. Mais je le regrette, soyez-en convaincue, avait-il conclu d'un air léger.

Que penser de ces propos ? N'avait-il pas, ce même soir, avoué qu'il guettait avec impatience le moment où Sara accepterait enfin de céder à ses avances !

Suis-je sotte ! songea-t-elle soudain en se mordant les lèvres. Il ne parlait ainsi que pour m'inciter à m'offrir à lui, afin, en suite, de m'infliger l'humiliation de me repousser dès que je lui aurais eu dévoilé à quel point il m'attirait.

Bien que noir, ce tableau ne paraissait pas inconcevable à la jeune femme. Pour avoir été mise dans la confidence par quelques-unes des employées de Rand, Sara savait qu'en véritable séducteur, il avait l'habitude de traiter ses compagnes éphémères de manière extrêmement cavalière.

Comment ajouter foi à de tels commérages ? se dit-elle en rougissant brusquement. C'est indigne de moi. Rand a sûrement des défauts, mais il sait tout de même se conduire en parfait gentleman. J'en ai eu la preuve formelle, reprit-elle pour elle-même, avec nostalgie. Elle revit en esprit ces instants exquis où ils s'étaient embrassés et dut retenir ses larmes. Rand s'était montré si doux et sensuel, si prévenant et gentil...

Que Diable ! Il faut absolument que je pense à autre chose, s'intima-t-elle sévèrement. D'abord, ranger mes affaires...

La valise de Sara était posée sur le lit. En

remarquant le luxe des draps de satin, des couvertures de mohair et des oreillers brodés, Sara ne put empêcher que de nouvelles images de complicité amoureuse n'envahissent son esprit.

Rand aura fait exprès de choisir pour moi un lieu si propice à l'amour, s'écria-t-elle rageusement. Comme pour mieux me faire regretter son absence au cours des longues heures que je vais y passer en solitaire... Décidément, il sait toujours où frapper pour meurtrir son adversaire de la façon la plus terrible. Il doit bien rire, en ce moment, à l'idée des tortures que j'endure.

Sara faillit descendre à la réception pour demander une chambre plus modeste mais y renonça : Rand le saurait immanquablement et ne pourrait que se réjouir de la voir réagir selon ses vœux. Elle ne lui donnerait pas cette satisfaction. Au contraire, s'il téléphonait pour savoir comment se déroulait le congrès, elle louerait les mérites de ce magnifique hôtel et manifesterait un enthousiasme délirant à ce sujet.

De plus en plus déprimée malgré cette décision, elle prit sa valise, la jeta sur l'édredon de plumes qui s'affaissa doucement, fit sauter le fermoir du bagage et s'empara de sa robe d'intérieur préférée, cherchant dans ses gestes futiles le moyen de ne plus réfléchir à rien.

Las ! Comme ce délicat vêtement lui avait été offert par son père, Sara eut l'impression de sentir à ses côtés la présence de cet être si cher. Des sanglots lui nouèrent la gorge. Comme il aurait été triste d'apprendre que l'homme en qui il avait placé toute sa confiance traitait si mal sa fille adorée.

Non! Rand Emory ne lui gâcherait pas sa première nuit dans un hôtel de luxe. D'ailleurs, elle avait besoin de toutes ses forces pour affronter les dures journées de labeur qui l'attendaient.

Bien décidée à profiter pleinement de la superbe salle de bains dont elle disposait, Sara se fit couler un bain brûlant et s'y plongea avec délectation. Pour une fois, elle n'avait pas à redouter que l'un ou l'autre de ses voisins de palier ne vienne l'interrompre dans ses ablutions.

Les effets lénifiants de l'étuve mousseuse où elle se prélassait lui apportèrent si bien la détente escomptée qu'au bout de dix minutes, la jeune femme s'était endormie.

Sara ne sut jamais pendant combien de temps elle était restée inconsciente. Mais l'agréable torpeur qui l'envahissait à présent permettait d'imaginer que son repos s'était prolongé longtemps.

Gagnée par une exquise sensation de bien-être, elle prit un roman policier et se glissa voluptueusement dans les draps frais. Mais après quelques pages, les mots se mirent à danser devant ses yeux et elle s'abandonna à l'engourdissement qui l'envahissait pour sombrer dans un sommeil peuplé de rêves incohérents...

Sam et Rand se tenaient devant elle, le visage hostile, désignant d'un doigt autoritaire la porte par laquelle elle devrait s'enfuir. Obtempérant sans comprendre à leur injonction, elle se dirigeait vers la sortie, qui reculait inexorablement à mesure qu'elle s'en approchait. La jeune femme avait l'impression de franchir des kilomètres et des kilomètres sans jamais parvenir à son but, poursuivie par les cris menaçants de ceux qui étaient devenus ses bourreaux. Des bruits de gong résonnaient à présent à ses oreilles, comme si les deux hommes avaient scandé cette fuite éperdue de martèlements accusateurs. A bout de souffle, effrayée à l'idée de ne plus pouvoir avancer, Sara sentait ses jambes se dérober sous elle, et bientôt, l'inévitable se produisait : paralysée par une force incoercible, elle restait clouée sur place tandis que le rythme lancinant du gong poursuivait sa musique atroce.

La jeune femme se réveilla en sursaut, consciente, brusquement, que son cauchemar n'avait fait qu'enregistrer les coups réels que l'on frappait à sa porte. Encore étourdie par les épreuves affreuses qu'elle venait de subir, elle sauta du lit, enfila une robe de chambre à la hâte et courut ouvrir au visiteur inattendu.

— Rand !

Stupéfaite, Sara le dévisagea longuement avant de balbutier :

— Que faites-vous ici ?

— Vous ne manquez pas de courage, vraiment !

Avançant d'un pas, il la força à s'effacer pour le laisser entrer.

— Vous ouvrez tout grand votre porte en pleine nuit sans chercher à savoir qui se trouve là !

— Vous avez raison de me le reprocher. Si j'avais su que c'était vous, je serais restée dans mon lit !

Il eut un petit rire sec.

— Toujours aussi aimable, je vois ! Moi qui espérais vous surprendre agréablement.

— Vous ne me laissez même pas le temps de reprendre mes esprits. Alors, vous n'avez pas répondu à ma question : que faites-vous ici ? Pour le cas où vous l'auriez oublié, j'étais censée présider ce congrès à votre place afin que vous puissiez vous accorder un congé.

Le sourire de Rand s'élargit.

— C'est ce que j'ai fait.

Prise d'une furieuse envie de gifler ces joues rieuses, Sara serra les poings et se dirigea vers la fenêtre.

— Voilà qui tombe bien, je n'ai pas encore défait mes bagages. Je les récupère et vous laisse profiter tout seul de ce luxe écœurant.

Elle savait qu'il se tenait derrière elle mais ne put réprimer un tressaillement quand il la saisit par le bras.

— Il vous est destiné à vous seule, ma chère !

D'un geste ferme, il l'attira contre lui.

— Vous voulez dire que je mérite cette débauche de mauvais goût ?

— Est-ce donc tout l'effet que cette chambre nuptiale produit sur vous ?

— « Cette chambre nuptiale ! » Vous vous moquez de moi !

Son cri de rage ne provoqua qu'un éclat de rire impudent. A présent, il n'était plus question de s'extasier, comme elle en avait d'abord eu l'intention, sur la splendeur des lieux. Il s'agissait de lui faire comprendre qu'elle n'appréciait pas un instant son impertinence. Sara s'apprêtait à lui expliquer le fond de sa pensée quand soudain, la conscience que cet homme si séduisant se tenait enfin à ses côtés la surprit de plein fouet, réduisant aussitôt au silence les mots qui se pressaient dans sa bouche.

Rassemblant les derniers lambeaux de sa volonté, Sara leva les yeux sur lui en essayant de lutter contre l'envoûtement qu'il exerçait sur elle. Vains efforts que ruina définitivement le baiser qu'il lui posa sur ses lèvres.

— Ne prenez pas cet air affolé, murmura-t-il en s'éloignant pour l'observer. Je n'ai jamais prétendu que je partagerais cette suite avec vous.

— Ni d'ailleurs, que vous aviez l'intention de vous y montrer.

Il hocha la tête.

— C'est exact.

Leur conversation prenait un tour si prosaïque que la jeune femme parvint à recouvrer ses esprits.

— Pourquoi êtes-vous ici ? reprit-elle pour la troisième fois.

Sa réponse la déconcerta :

— Me croiriez-vous si j'avouais que vous me manquiez déjà ?

— Non !

Malgré la détermination dont elle venait de faire preuve, Sara continuait de le dévisager sans comprendre où il voulait en venir. Il lui semblait que l'expression moqueuse affichée par son compagnon n'était qu'un masque prêt à s'effriter si la situation le permettait. Rand avait les épaules légèrement voûtées, comme s'il avait craint qu'elle ne lui porte un coup trop dur à supporter en cette circonstance. Fixant l'horizon d'un œil vague, il paraissait attendre de la jeune femme qu'elle se montre accueillante, qu'elle comprenne à demi-mots les motifs secrets de sa visite nocturne. Sara n'avait jamais imaginé qu'il pût devenir vulnérable et cette fragilité surprenante l'émouvait malgré elle.

— Avez-vous fini de m'examiner ainsi? demanda-t-il nonchalamment, comme pour détromper les intuitions de la jeune femme.

Pour le coup, elle se sentit autorisée à exprimer tout haut ses pensées :

— Excusez-moi, mais on dirait que quelque chose a changé en vous.

De nouveau, Sara entendit résonner ce rire sarcastique qu'elle redoutait tant.

— Peut-être commencez-vous à me découvrir tel que je suis vraiment, Sara !

— Il est un peu tard pour se livrer au jeu de la vérité, vous ne trouvez pas ?

La mâchoire de Rand se crispa. Contré dans son effort de sincérité, il cachait mal sa déception.

— Vous êtes sévère avec moi, Sara.

— A quoi vous attendiez-vous donc ? A ce que votre secrétaire vous accueille à bras ouverts pour écouter le récit d'une quelconque déception amoureuse ?

La jeune femme prêchait le faux pour savoir le vrai. Elle aurait tant aimé que, la main sur le cœur, il lui déclare son amour. Mais, faussée dès le départ, il y avait peu de chances que la situation évolue dans un sens favorable. Tous deux se tenaient trop crispés sur leurs positions respectives.

— Si nous devenions amis, Sara ?

Lancée à brûle-pourpoint, cette question la prit de court. Que manigançait-il, encore ? En dépit du désir fou qui était le sien qu'enfin, Rand réponde à son amour, la jeune femme n'osait croire en la sincérité de cette proposition. Aussi demeura-t-elle une fois encore sur la défensive.

— Pourquoi cette idée, Rand ? L'atmosphère de Los Angeles vous rendrait-elle sentimental ?

Le visage obscurci par une ombre de déception, Rand baissa la tête.

— Vous êtes impitoyable !

— Comment voulez-vous que je vous réponde sérieusement dès lors que j'ignore les motifs de votre visite.

— Découvrez-les par vous-même. Vous êtes suffisamment intelligente pour y parvenir.

Sur ces mots, il se dirigea vers le petit bar installé dans un coin de la pièce et en sortit une bouteille de gin.

— Vous avez envie d'un gin tonique, Sara ?

— Ecoutez, je ne suis pas disposée à m'amuser plus longtemps à vos jeux interminables. Je suis fatiguée et j'aimerais retourner me coucher.

— Prenez un verre avec moi, cela vous permettra de vous réveiller.

— Je n'ai aucune envie de boire.

Il la regarda un instant, avala une gorgée d'alcool, puis lui fit un signe de la main.

— Alors, bonsoir. Vous pouvez retourner dormir,

maintenant. N'oubliez pas de bien remonter vos couvertures jusqu'aux oreilles.

— Qu'entendez-vous par là ?

— Il me semble avoir été clair.

Il hésita un instant.

— Mais je suis prêt à m'expliquer.

Il se dirigea vers elle, lui prit le visage entre les mains, dessina du pouce l'oval de son menton, puis se pencha doucement pour lui chuchoter d'une voix sourde :

— Quand allez-vous rendre les armes, Sara ?

Fermant les yeux, elle goûta l'exquise sensation que procurait sa bouche contre sa peau délicate.

— Je... je ne...

— Ne soyez pas timide, ma chérie. Avez-vous oublié les instants merveilleux que nous avons partagés ?

— Mais vous sembliez si fâché contre moi, ces derniers temps.

Elle le sentit rire contre sa nuque.

— Ai-je vraiment l'air de vous en vouloir, en ce moment ?

— Ne vous moquez pas de moi, Rand !

Les bras qui l'emprisonnaient se serrèrent plus étroitement autour d'elle :

— Comment osez-vous imaginer une chose pareille ?

Il s'était mis à lui caresser le dos et Sara retint son souffle en sentant son corps frémir de désir.

— Croyez-vous vraiment que je me moque de vous, Sara ?

7

Quel délice ! songea Sara en agrippant les épaules de Rand. Comme il est doux de me retrouver dans ses bras après tous ces jours affreux où j'ai eu l'impression de l'attendre en vain. Dans un geste d'abandon, elle jeta la tête en arrière pour mieux s'offrir à ses baisers.

— Voulez-vous, Sara ?

Sans comprendre tout à fait ce qu'il lui demandait, elle répondit dans un souffle :

— Je veux...

Il fit lentement glisser sa robe d'intérieur, mordilla la peau satinée de ses épaules...

— Moi aussi, murmura-t-il de nouveau, moi aussi je veux que vous deveniez mon épouse.

L'épouse de Rand Emory ! Cette idée emplit la jeune femme d'une joie indescriptible, et elle leva sur lui un regard brillant de joie.

— J'y tiens plus que tout au monde, balbutia-t-elle d'une voix brisée. Je veux vous appartenir, Rand.

— Il y a si longtemps que j'espère vous entendre prononcer ces mots, ma chérie !

— Moi aussi, je rêvais de cet instant, reprit-elle en écho.

Il eut une expression émue, regarda sa bouche finement ourlée avec attendrissement, surpris et heureux de la confiance qu'elle lui accordait enfin.

— Je tiens à rester avec vous, dans tous les sens du terme, soupira-t-il.

— Tous les sens du terme ?

Effleurant sa bouche du bout des lèvres, il énonça d'une voix à peine audible :

— Je vous veux dans ma vie.

Il ponctua cette déclaration d'un baiser léger sur la commissure de ses lèvres.

— Je vous veux dans mes bras.

Il resserra son étreinte.

— Je veux dormir avec vous.

Riant doucement de l'expression de timidité qui se peignait sur le visage de Sara, il la souleva du sol et l'emporta vers le lit.

— Moi qui vous maudissais d'avoir loué cette chambre immense pour m'y abandonner seule.

— Vous n'appréciez pas le luxe ?

— Cela dépend des circonstances.

— Avouez que j'ai bien fait les choses ! remarqua-t-il en jetant un regard circulaire autour de lui. Je n'avais pas envie que nous nous retrouvions dans un endroit sinistre.

— Ainsi donc, vous aviez prévu de me rejoindre, demanda-t-elle en se redressant brusquement.

— Non, ma chérie. Je vous jure solennellement

que je n'avais rien prémédité du tout. J'ai agi sous l'effet d'une impulsion irrésistible. J'avais trop besoin de votre présence.

Rassérénée par l'inflexion sincère de sa voix, Sara lui effleura tendrement le front.

— Pardonnez-moi pour cette réaction de méfiance, Rand.

— Ce n'est pas grave, ma chérie. Nos relations ont été si difficiles jusqu'à présent que je comprends votre prudence.

— Rand, reprit-elle dans un chuchotement à peine audible, vous étiez sérieux tout à l'heure ? Vous resterez vraiment avec moi ?

Quand elle vit la manière dont il l'observait, ses yeux s'emplirent de larmes en découvrant l'amour qu'il lui vouait. Dans un frisson de bonheur, Sara s'approcha de lui et tous deux s'embrassèrent avec une passion qu'ils n'avaient plus besoin de se cacher. Rand lui dénuda délicatement le buste et, lorsqu'ils se redressèrent, la jeune femme rougit sous le regard admiratif qu'il posait sur elle.

— La lumière, murmura-t-elle, hésitante et pudique.

Comme une enfant, elle se cacha le visage contre son torse, mais il secoua la tête en souriant.

— Je veux vous voir.

Doucement, il l'étendit sur le lit et, conquise par la délicatesse de ses gestes, Sara se détendit peu à peu. D'ailleurs, quand Rand se fut à son tour dévêtu, elle se félicita de pouvoir le contempler à son aise. Ses membres déliés semblaient doués d'une puissance athlétique, son corps élancé se mouvait avec grâce, il inspirait une force, il était d'une beauté comparable à celle des statues grecques.

Il vint s'allonger auprès d'elle et le seul contact de son corps contre le sien la fit vibrer de désir. La jeune femme ne savait rien de l'amour mais son instinct, l'intensité de sa passion anéantissaient toutes les barrières, rendant les gestes simples et évidents. A présent qu'elle se blottissait contre lui, Sara se rendait compte qu'il lui eût été impossible de s'offrir à un autre que Rand. Lui seul avait su faire naître en elle l'ardeur qui incite les êtres à se retrouver. Toute raison abolie, les sens enfiévrés, elle s'abandonnait à ses caresses, émerveillée et stupéfaite par l'intensité des sensations qu'il suscitait au plus profond d'elle-même...

— Rand, je...

— Sara, vous êtes si belle...

La jeune femme s'agrippa à lui et il ne put réprimer un gémissement qui emplit Sara de fierté.

— Vous allez me rendre fou !

Pour toute réponse, elle lui prit le visage et l'embrassa avec une fougue qu'elle ne se connaissait pas, riant et pleurant de bonheur à la fois, mêlant son baiser de larmes et de frissons exquis. Elle le laissa venir à elle, brûlant d'un désir aussi ardent que le sien. D'abord décontenancée par l'immensité du bien-être qui la gagnait, puis, ivre de sensations extraordinaires, elle se montra soucieuse de lui procurer un plaisir comparable à celui qu'il savait si bien lui prodiguer.

Malgré son inexpérience, son corps s'accordait parfaitement à celui de Rand, obéissant au rythme harmonieux qu'il lui imprimait jusqu'à ne plus former qu'un avec lui. Eperdue de reconnaissance, Sara se laissait transporter vers des rivages inconnus en balbutiant sa joie d'une voix brisée. Et quand, enfin, l'extase culmina, ils se serrèrent à s'étouffer avant de s'échouer sur le lit, brisés et radieux.

Sara s'étira en émergeant du sommeil le plus doux qu'elle ait connu depuis longtemps. En effleurant la forme tiède allongée auprès d'elle, elle sourit les yeux fermés. Le souvenir de la nuit qu'ils venaient de passer l'emplissait d'une immense quiétude.

Avec Rand à ses côtés, elle n'aurait plus jamais de mal à s'endormir, les jours se dérouleraient dans une atmosphère de félicité intense.

— Si vous ne vous habillez pas tout de suite, grommela une voix encore engourdie de sommeil, nous ne serons jamais à l'heure pour cette maudite réunion de onze heures.

Sur ces mots, il l'attira fermement contre lui.

— Serait-ce donc si grave ?

— Qu'est devenue ma consciencieuse secrétaire, ce matin ?

D'un geste possessif, Sara se serra contre lui et le regarda dans les yeux :

— Elle se porte à merveille, assura-t-elle en riant, et ne demande qu'à plaire à son directeur. A ce sujet, avez-vous oublié que je suis votre assistante, depuis hier ? Désormais, vous devrez tenir compte de mes avis !

Il lui répondit d'un sourire tendre et, lui prenant le menton dans la main, l'embrassa passionnément.

La situation était trop tentante pour qu'elle songeât plus longtemps au congrès qui s'ouvrirait sans eux. Elle lui rendit ses caresses et chuchota d'une voix étouffée :

— J'aimerais que ces instants durent toujours, Rand.

— Vous n'êtes vraiment pas sérieuse !

Il s'empara de sa bouche et tous deux roulèrent en riant sur l'édredon moelleux.

Ils ne rejoignirent leur groupe que pour le déjeuner, et Rand se lança aussitôt dans le discours que Sara avait prévu de prononcer elle-même. Cependant, pas une seconde elle ne regretta de le voir prendre la place qu'il lui avait proposée sur le podium. Au contraire, elle le regardait avec fierté, impressionnée par son assurance, la clarté avec laquelle il s'exprimait, le caractère brillant de ses propos. Nul ne semblait se douter qu'il improvisait à peu près la moitié de ce qu'il disait, se référant de temps en temps seulement à des notes lues en hâte dans l'ascenseur. Ils écoutaient tous avec la plus grande attention, captivés par la personnalité de l'orateur.

Ce n'est qu'au moment où Rand annonça à l'assemblée le statut nouveau de sa secrétaire que l'atmosphère se modifia subtilement dans la salle. Des regards lourds de sous-entendus se posèrent sur la jeune femme mais elle n'en avait cure. Peu lui importait que ces gens aillent raconter des horreurs sur son compte dès lors que Rand lui accordait toute confiance et l'aimait. Aux mauvais pensants d'imaginer qu'elle ne devait sa promotion qu'à de malhonnêtes intrigues amoureuses.

A la fin du repas, tous deux furent interpellés par plusieurs des assistants qui tenaient à exposer une requête ou à faire part de leur point de vue. Sara désirait plus que tout se retrouver seule avec Rand et leurs congratulations la rendaient folle d'impatience. Devant leur directeur, ils restaient courtois, mais elle se doutait bien de ce qu'ils pouvaient se raconter entre eux au sujet de cet avancement trop rapide.

Comment leur en vouloir, d'ailleurs ! La situation prêtait d'autant plus à confusion que Rand ne se cachait pas pour montrer à tous l'intimité nouvelle qui le liait à la jeune femme. Etonnée par ce comportement provocateur, Sara en arrivait peu à peu à le désapprouver, humiliée par les reproches voilés que chacun semblait porter sur son compte. Quant à Rand, il continuait de lui sourire tendrement ou de lui prendre la main, sans accorder la moindre attention aux autres.

Ulcérée par sa désinvolture, Sara attendit de se retrouver dans leur chambre pour exploser :

— Rand, comment avez-vous pu ?

Elle le suivit d'un œil noir tandis qu'il se dirigeait tranquillement vers le bar.

— Comment ai-je pu quoi ?

Exaspérée par son air innocent, elle secoua la tête et s'approcha de lui, le visage crispé par la colère :

— Vous savez parfaitement de quoi je veux parler !

Il la contempla d'un air surpris, se versa calmement une coupe de champagne frappé, en tendit une à sa compagne qui l'accepta : elle avait besoin de boire quelque chose de fort et de rafraîchissant. Avec des gestes tout aussi mesurés, il replaça la bouteille dans son seau et déclara enfin sur un ton neutre :

— J'ai fait ce qu'il aurait fallu faire un jour ou l'autre, Sara.

Elle secoua la tête pour exprimer son désaccord, incapable de retenir plus longtemps des larmes de mortification.

— Vous saviez parfaitement ce qu'ils allaient penser, articula-t-elle péniblement. Ils ne vont pas se gêner pour claironner partout que j'ai obtenu ma promotion en cherchant vos faveurs.

— Nous savons tous deux que c'est faux, le reste n'a pas d'importance. J'ai préféré prendre les devants plutôt que de devoir un jour me défendre de l'avoir dissimulé. De toute façon, j'aurais dû finir par annoncer votre changement de statut et ils en auraient aussitôt tiré les mêmes conclusions.

— Certainement pas si vous vous étiez abstenu de montrer à tout le monde que nous étions descendus ici, dans la même chambre !

Rand la prit dans ses bras.

— Allons, ma chérie, cessez de me gronder ainsi ! C'est fait maintenant, et nous vivrons notre amour au grand jour. Personne ne vous manquera de respect, je peux vous le promettre.

Incapable de résister à son sourire, Sara posa la tête sur son épaule.

— Que puis-je répondre à un homme aussi sûr de lui, aussi arrogant, aussi...

Il eut un petit rire tendre.

— Cet homme va devenir votre époux, ne l'oubliez pas.

Son époux! Le mot se répercuta dans son esprit, irradiant une bienfaisante chaleur dans tout son corps.

Mais brusquement, Sara se rebiffa. Qu'il lui rappelle ce projet de mariage en de telles circonstances lui parut suspect. Ne cherchait-il pas ainsi à mettre fin aux reproches qu'elle pouvait formuler sur sa conduite? Qu'il usât de cet argument pour lui imposer silence fit naître en elle une grande frayeur. Le caractère dominateur de Rand, sa volonté implacable, l'indépendance dont il avait si longtemps espéré la priver lui revinrent en mémoire. Une nouvelle fois, elle eut peur qu'il ne souhaite compromettre sa liberté.

N'écoutant plus les palpitations de son cœur, Sara se détacha et, malgré les bras qui la retenaient affectueusement, parvint à rassembler tout son courage pour lui faire face.

— En sommes-nous revenus au point de départ, Rand? Quand vous vous efforciez d'avoir la mainmise sur moi.

Décontenancé par le ton sarcastique de sa voix, il fronça les sourcils :

— Si vous l'entendez ainsi, oui.

Bouleversée, elle parvint à soutenir son regard.

— Je veux rester auprès de vous, mais...

Il ne bougeait plus, figé dans l'attente de la suite :

— Mais quoi ?...

— Mais je n'ai pas l'intention de vous épouser, Rand !

Il laissa retomber ses bras le long du corps.

— Je vois.

Tous deux avaient beau se tenir encore très près l'un de l'autre, Sara sentait un fossé infranchissable se creuser entre eux. Elle ferma les yeux, porta une main impuissante à son front :

— Ayez l'honnêteté de reconnaître que vous ne voulez pas plus de ce mariage que moi !

— Puisqu'il semble qu'on ne me laisse pas le choix, murmura-t-il très bas, je me plie à votre volonté.

Elle le foudroya du regard :

— Enfin, Rand ! Qu'attendez-vous de moi ?

— Ne croyez-vous pas que ce serait plutôt à moi de poser cette question ?

— Je me suis figurée que vous m'aimiez. Mais non ! Vous poursuiviez simplement le désir d'honorer la promesse faite à mon pauvre père. Quelle sotte j'ai été !

Emportée par son discours, elle se mit à marcher de long en large comme un animal en cage, le regard absent, les poings serrés sur les hanches :

— Quand donc admettrez-vous que je n'ai pas besoin de votre protection ! Je suis une adulte, capable de s'assumer et de prendre seule ses décisions. Nous ne voyons pas le mariage sous le même angle, Rand, et, dans ces conditions, notre couple ne tiendrait pas un mois.

Sara se dirigea vers la fenêtre, préférant lui tourner le dos pour cacher son désarroi, espérant encore qu'il comprendrait sa réaction.

— Que voulez-vous de moi, Sara ?

Elle haussa les épaules et croisa les bras dans un geste instinctif de défense.

— Je voudrais que nous nous comportions comme deux adultes doués de raison, comme un homme et une femme libres de leur choix. Si vous voulez de moi, je vous rejoindrai parce que je l'aurai accepté de mon plein gré. Notre relation ne peut réussir que si nous en partageons la responsabilité en éprouvant le même respect, la même considération l'un envers l'autre. Si vous ne pouvez accepter de voir en moi une partenaire à égalité avec vous, précisez-le maintenant. Sinon, notre entente serait faussée dès le départ. Vous êtes un homme possessif ; je respecte cet aspect de votre personnalité mais je ne puis me conformer à un rôle qui ne me conviendrait pas.

— En revanche, répliqua-t-il durement, il vous conviendrait fort bien d'entrer dans ma vie sur le même pied que toutes les femmes qui vous y ont précédée, c'est bien cela ? Vous rêvez d'une aventure éphémère qui prendrait fin sous le moindre prétexte. Quand je pense que votre père espérait vous offrir le meilleur de l'existence, j'ai mal pour lui.

Elle se figea à l'évocation de ces images douloureuses.

— Mon père a échoué dans ses projets et je suis

tout de même parvenue à m'en sortir, soupira-t-elle. Laissez-le en dehors de tout cela ; il croyait bien faire et je lui serai à jamais reconnaissante de son amour, quelque erreur qu'il ait pu commettre.

Elle se retourna brusquement, les yeux étincelants de colère :

— Quoi qu'il en soit, Rand Emory, vous ne remplirez pas le rôle que mon père tenait auprès de moi !

Elle se remit à arpenter nerveusement la pièce.

— J'ai été élevée dans un monde d'illusions qui ne correspondaient en rien à la réalité. Le jour où ce cocon s'est brisé, je suis tombée de très haut, vous savez. Et je ne suis pas prête à me laisser de nouveau choyer comme une enfant fragile. Ce serait indigne de moi.

— Est-ce par dignité que vous avez décidé de payer les dettes de Sam sans accepter mon aide ? Vous sentiriez-vous coupable de ses erreurs ?

Sara ne l'avait pas entendu approcher et tressaillit quand il la posa les mains sur ses épaules. Elle hocha la tête et sentit ses longs doigts se crisper sur elle.

— Alors pourquoi ? insista-t-il.

— Parce qu'il me fallait un objectif qui me permette de savoir qui j'étais.

— Et maintenant que vous le savez ?

— Maintenant je peux être fière des résultats que j'ai obtenus. Voilà pourquoi je ne renoncerai jamais à ma liberté, Rand. Je ne veux plus jamais dépendre de quiconque comme j'ai dépendu de Sam. Je suis Sara Benedict, une personne à part entière et je ne

100

me laisserai prendre en charge ni par vous ni par quiconque.

A bout de souffle, elle prit une longue inspiration et poursuivit sèchement :

— C'est à vous de décider, maintenant. Ou vous m'acceptez telle que je suis ou nous pouvons nous dire adieu tout de suite.

Il répondit d'une voix bouleversée :

— Je voudrais vous rendre heureuse, Sara.

Prête à tout, à le perdre dans l'instant, la jeune femme s'était raidie pour avoir le courage d'assumer un tel choc. La phrase qu'il venait de prononcer lui inspira un tel soulagement qu'elle se jeta dans ses bras en poussant un cri de reconnaissance :

— Je le sais, mon amour ! s'écria-t-elle en l'enlaçant. J'espérais tant que vous réagissiez de la sorte !

— Sara, avant que vous n'ajoutiez quoi que ce soit, je tiens à m'excuser pour ma conduite au cours de cette réunion.

— Vous excuser ?

Surprise, elle leva les yeux sur lui.

— Je ne vous ai pas consultée avant de montrer à toute l'assistance quelles étaient nos relations. Pour être franc, j'avais même l'intention d'annoncer nos fiançailles pendant le dîner.

Il s'interrompit, le visage soucieux.

— J'espère que vous ne m'en voulez pas de vous avoir ainsi compromise aux yeux du monde.

— Non, Rand, je vous pardonne, répondit-elle

en soulignant d'un doigt léger le dessin de sa mâchoire.

Il l'étreignit en soupirant d'aise.

— Avez-vous envie de vivre avec moi, même si cela doit altérer un tant soit peu votre liberté ?

— Si c'est là votre souhait, oui.

— Je ne désire pas que nous instaurions des relations clandestines, ma douce Sara.

— Dans ce cas, nous nous aimerons au grand jour et à la barbe des hypocrites qui trouveront à s'en plaindre.

Sara éclata de rire :

— En fait, il vont nous envier !

— Il y aura de quoi, répondit-il en l'embrassant.

8

Les jours suivants passèrent à la vitesse de l'éclair. Emportés par un tourbillon d'activités Sara et Rand assistaient au congrès en essayant de se retrouver seuls toutes les fois que la situation le permettait. Ils partaient alors en voiture visiter les environs et les longues promenades à pied dans la campagne déserte resteraient pour la jeune femme des souvenirs impérissables. Appréciant tout particulièrement le spectacle de la nature au moment du crépuscule, tous deux passaient des heures merveilleuses à contempler l'horizon empourpré par les rayons du couchant, en rêvant que ces instants parfaits se prolongent indéfiniment.

Les nuits leur apportaient autant de joie que ces tête-à-tête silencieux dans l'immensité aride de la région. Sara connaissait auprès de Rand des plaisirs dont l'intensité la grisait si fort que parfois, elle avait l'impression d'être sur le point de perdre conscience.

Quant aux conférences auxquelles ils se devaient de participer, elles se déroulaient aussi bien que

Rand l'avait espéré. N'eussent été les regards jaloux que l'on posait sur eux, les propos médisants que l'on prononçait derrière leurs dos, Rand aurait été satisfait des résultats obtenus en ces lieux. Cependant, malgré leur irritation devant le fait que l'on ose les traiter si insolemment, fût-ce de manière voilée, rien ne pouvait compromettre la bulle paisible où Rand et Sara abritaient leur amour chaque fois qu'ils désiraient se réfugier loin du monde extérieur.

Et le soir du dîner d'adieux arriva. Vêtu d'un élégant smoking blanc, Rand occupait la place d'honneur et il entretint pendant tout le repas une brillante conversation. Subjuguée par son charme, Sara l'observait sans se lasser, troublée par la séduction immense qui émanait de lui et à laquelle chacun était sensible. Conscient de l'attention qu'elle lui portait, il lui adressait de temps à autre de petits regards tendres dont la destination n'échappait à personne. Cependant, égayés par le vin et la bonne chère, les convives considéraient aujourd'hui cette idylle avec bienveillance. De sorte que le dîner s'acheva dans une atmosphère agréable et détendue.

Le lendemain, un vendredi, ils devaient rentrer à San Francisco et ce fut avec une pointe de tristesse que Sara observa pour la dernière fois l'hôtel où ils avaient été si heureux. Mais la perspective de s'installer pendant le week-end dans l'appartement de Rand chassa vite sa nostalgie et lorsqu'ils quittèrent le parking, elle avait le sourire aux lèvres.

— On dirait que vous êtes contente, Sara.

Relevant l'accoudoir qui la séparait de Rand, elle se rapprocha de lui.

— Vous n'avez pas l'air mécontent, vous non plus.

Il rit doucement.

— Je repense à votre façon de me réveiller, ce matin. N'importe quel homme aimerait pouvoir commencer la journée ainsi.

Elle rougit, heureuse qu'un incident bénin de la circulation vienne à point pour détourner la conversation. Ce matin, elle s'était comportée de la manière la plus naturelle du monde mais le caractère récent de leur amour permettait à chacun de leurs gestes d'être perçu comme un événement extraordinaire. Elle se cala contre l'appui-tête de cuir, le corps aiguillonné de souvenirs brûlants.

Eveillée à l'aube, Sara s'était instinctivement blottie contre Rand et l'avait tiré du sommeil à force de baisers auxquels il n'avait pas tardé à répondre.

La voix grave de son compagnon vint interrompre sa rêverie.

— Je me demande quelle est la cause de ce silence soudain.

— Vous le savez fort bien, marmonna-t-elle.

A son grand dépit, elle se rendit compte que son visage était devenu écarlate.

— Sara ?

— Oui ?

— Pensez-vous à la même chose que moi ?

— Je l'ignore, finit-elle par répondre.

Encore troublée, elle parvint cependant à lever sur lui un regard parfaitement innocent.

— A quel propos ? insista-t-elle, poussée par la curiosité.

— De la manière dont nous nous réveillerons à l'avenir...

— Décidément, je ne comprends rien à vos allusions.

— Je m'explique : j'espère que vous ne m'en voudrez pas si je jette votre pendule électrique.

Ravie par le tour malicieux de cette conversation, Sara se serra contre lui prenant garde de ne pas le gêner dans ses mouvements.

— C'est entendu, mon chéri. Désormais, c'est moi qui ferai office d'horloge.

— Quel bonheur !

La jeune femme posa sur lui un regard rempli de passion et se mit à le caresser, parcourant sa jambe d'une main sensuelle tout en guettant sur son visage les effets de cette audacieuse initiative. Malgré les efforts qu'il fournissait pour demeurer de marbre, Rand céda soudain au plaisir qui déferlait en lui et retint son souffle en frissonnant de tout son corps. Sara éclata de rire. Heureusement que nous roulons lentement, songea-t-elle, car je suis d'une rare imprudence.

Ils s'arrêtèrent à Auburn pour y déjeuner d'un repas copieux avant de visiter la vieille ville, puis reprirent la route. Comme la circulation était fluide, ils arrivèrent à destination en milieu d'après-midi. En retrouvant l'immeuble où elle avait vécu des moments si difficiles, une existence si austère, la jeune femme fut gagnée par une surprenante sensation de nostalgie. Malgré son bonheur à l'idée de partager l'existence de l'homme qu'elle aimait. Son petit studio lui manquerait sûrement.

— Pas de regrets ?

Rand avait parlé très bas, soucieux de respecter le cours de ses réflexions. Sara venait de lui ouvrir la porte et il déposa sa valise au pied du canapé-lit, les traits empreints d'une inquiétude voilée. Emue par sa sollicitude, Sara se jeta dans ses bras.

— Non, Rand, je ne regrette rien ! Comment le pourrais-je alors que je vais vous rejoindre ? ajouta-t-elle dans un souffle.

En cet instant, Sara était parfaitement sincère. Un enthousiasme presque délirant l'habitait en songeant à l'avenir qui l'attendait.

— Si vous désirez que je sois prête à emménager demain soir, déclara-t-elle en se dégageant de son étreinte, il faut me laisser, maintenant. Je suis incapable de m'organiser tant que vous restez là.

— Etes-vous certaine que vous n'aurez pas besoin d'un coup de main ?

Si quelqu'un devait m'aider, ce ne serait pas à lui que je ferais appel, pensa-t-elle. L'image de Rand en déménageur était trop insolite pour qu'elle pût garder son sérieux. Intrigué par le sourire qui se peignait sur son visage, Rand haussa les sourcils.

— Vous avez l'impression que mon intervention serait aussi utile que celle d'un éléphant dans un magasin de porcelaine, n'est-ce pas ?

Cette fois, la jeune femme éclata franchement de rire.

— A peu près, oui...

— Vous êtes une abominable coquine, ma chérie.

Sur ces mots, il se dirigea vers elle d'un pas décidé et la reprit dans ses bras.

— Je vous aime, Sara, souffla-t-il d'une voix brisée, je vous aime tant.

La passion qu'elle éprouvait pour lui grandissait d'heure en heure dans son âme, la harcelant comme une litanie fiévreuse et exquise.

Pourtant, il ne faut pas que cet homme me fasse perdre la tête, se dit-elle en prenant soudain conscience qu'à poursuivre ainsi leur aventure, elle deviendrait de plus en plus dépendante de lui. Préserver sa liberté demeurait en effet pour Sara une préoccupation constante. Pourvu qu'il veuille bien me concéder cette exigence ! implora-t-elle en joignant les mains d'un geste pathétique ; je tiens tellement à lui.

Sara allait et venait dans son bureau, lisant pour la dixième fois la convocation qui venait de lui être remise. Elle se mordit la lèvre en se demandant combien de temps elle parviendrait à supporter la pression qu'exerçaient sur elle les cadres du personnel. Avec un soupir d'impuissance, elle se laissa tomber sur son fauteuil de cuir.

Cette persécution subtile avait débuté à peu près une semaine auparavant, dès son retour de Los Angeles. La nouvelle de sa relation avec Rand s'étant répandue comme une traînée de poudre dans l'entreprise, personne ne lui adressait plus la parole sans assortir ses propos d'une intonation de mépris implicite. La situation ne pouvait durer.

Il était déjà suffisamment difficile pour la jeune femme de s'adapter à la nouvelle vie qu'elle menait avec Rand! Le fait de devoir à tous moments prouver à ses collègues qu'elle était parfaitement capable de remplir les fonctions qu'on lui avait imparties se transformait en une torture permanente. La mauvaise foi dont ils faisaient preuve en alléguant son idylle avec Rand pour expliquer la rapidité de son avancement était source de tracasseries incessantes. Elle avait en effet pour conséquence directe de menacer le respect qu'auraient dû lui vouer ses subordonnées.

Avec un petit rire nerveux, Sara déchira le morceau de papier mais la date et l'heure imprimées en haut à gauche de la feuille restaient inscrites dans sa mémoire. Ne pas répondre à cette convocation ne servirait à rien. Le geste de rébellion n'empêcherait personne de continuer à lui infliger les mille petites vexations qui étaient son lot quotidien. En ce moment, par exemple, se tenait un conseil d'administration dont nul ne l'avait informée à temps.

A supposer que ces manifestations d'hostilité continuent, mon travail en pâtira nécessairement, se dit-elle avec irritation. Sara s'était mis la société entière à dos et ne pouvait lutter efficacement contre cet ennemi invisible et multiforme. En tête à tête, chacun se montrait d'une amabilité parfaite — fût-elle ouvertement hypocrite — et il s'avérait dès lors périlleux de proférer des accusations directes.

En réalité, l'ensemble du personnel espérait faire

craquer la jeune femme à l'usure. En l'écartant de toute décision importante ou bien en méconnaissant volontairement la pertinence de ses interventions.

Rand finirait par apprendre ce qui se passait et la jeune femme devinait à l'avance quelle serait sa réaction. Il prendrait fait et cause en sa faveur et c'est sa propre crédibilité qui, à la longue, pourrait en souffrir.

Cette idée la faisait frémir d'appréhension. Rand Emory était tout puissant dans le groupe Phillips et il pourrait fort bien obliger ses employés à accepter Sara. Mais celle-ci ne voulait pas qu'une guerre ouverte éclate à cause d'elle. Il lui revenait en propre de régler ses problèmes personnels, décida-t-elle en tendant la main vers le téléphone.

— Il faudrait que vous cherchiez quelqu'un de compétent pour servir d'assistante à M. Emory, déclara-t-elle au directeur d'un cabinet de recrutement auquel le groupe Phillips faisait souvent appel.

Pour avoir déjà eu affaire à lui, Sara savait que cet homme était digne de confiance. En bon « chasseur de têtes », il était capable de déceler chez autrui les qualités indispensables à l'exercice du métier auquel il prétendait.

Quelle tristesse que je sois moi-même contrainte de trouver celle qui me remplacera, songea-t-elle avec nostalgie en reposant l'appareil. Rand admettra-t-il cette initiative ? Comment la lui présenter en évitant de trop accabler ses collaborateurs ? L'opération risque d'être délicate. D'autant plus délicate que Rand était, aujourd'hui, d'une humeur exécrable...

— Où étiez-vous donc ? s'écria-t-il sèchement. Je me suis ridiculisé en retardant au maximum l'ouverture de cette réunion à laquelle vous n'êtes pas venue !

— Cela ne se reproduira pas.

Pour confirmer sa promesse, elle lui tendit sa lettre de démission.

Le visage de Rand pâlit affreusement. Sara faillit perdre courage et invoquer les motifs réels de son abandon mais sut résister à cette impulsion. Elle ne voulait pas prendre la responsabilité des conséquences qui auraient découlé de cet aveu. Malheureusement, ce choix affaiblissait considérablement la portée de ses arguments.

— Rand, je suis désolée si vous avez l'impression que je vous fais faux bond de manière injustifiée. Excusez-moi mais je suis incapable de mener de front ma vie privée et ma vie professionnelle.

— C'est bien ce que je craignais, ma chérie, murmura-t-il d'une voix terriblement déçue.

Pour l'apaiser, elle se pencha sur lui en souriant et lui effleura le front d'un doigt léger.

— Ce n'est pas la fin du monde, monsieur Emory ! Nous pourrons encore passer toutes nos soirées ensemble !

Comme il l'attirait sur ses genoux, Sara lui fit remarquer nerveusement que quelqu'un pourrait entrer, mais il balaya l'objection d'un geste las.

— Si nous étions mariés, vous n'y penseriez

même pas. D'ailleurs, tout le monde trouverait cette situation parfaitement naturelle.

— Mais nous ne sommes pas mariés.

En prononçant ces mots, elle détourna son regard du sien.

— Sara, je ne veux pas vous perdre, déclarat-il en l'attirant contre lui. Je sais que Bates et Fitzgerald ne se sont pas montrés tendres envers vous et je regrette que leur attitude ait tourné l'ensemble du personnel contre vous.

Elle ouvrit de grands yeux surpris.

— Vous êtes au courant de la situation ?

Il acquiesça d'un signe de tête et poursuivit avec un sourire rêveur :

— Mais ils n'y penseront bientôt plus et tout rentrera dans l'ordre.

— Je ne crois pas, Rand. Par ailleurs, en l'état actuel des choses, je suis incapable de continuer.

— Vous deviez pourtant vous attendre à ce que votre nomination provoque quelques grincements de dents, non ?

— S'attendre à une chose et la vivre sont deux situations fort différentes, croyez-moi.

— Et vous vous imaginez que manquer un conseil d'administration renforcera votre position dans la société ?

Le ton gentil sur lequel il avait formulé ce reproche témoignait sans erreur possible de sa sincérité.

— Me connaissez-vous donc si mal pour imaginer que je...

Sara s'interrompit en comprenant qu'elle allait se trahir mais Rand s'était déjà raidi :

— Vous n'avez pas été avertie que cette réunion aurait lieu, c'est bien cela ?

Pour toute réponse, elle secoua la tête, consciente que la colère de Rand grandissait de seconde en seconde.

— Bon sang ! S'ils n'avaient pas l'âge de mon grand-père, je les renverrais avec pertes et fracas !

— Je crois qu'il vaut mieux adopter ma solution, Rand.

Les yeux dans le vague, il répondit machinalement :

— Il n'en est pas question !

Il froissa la lettre de démission et la jeta d'un geste rageur en visant la poubelle. Quand il se rendit compte qu'il avait raté son but, il fit une grimace coléreuse, comme un enfant déçu. L'air malheureux qu'il arborait était si touchant et comique que Sara éclata de rire. Gagné par sa gaieté, Rand la regarda et se mit à rire à son tour. Après quelques instants de cette hilarité partagée, il se tut quelques instants et demanda :

— Etes-vous sûre de vouloir vraiment démissionner, Sara ?

— J'en suis certaine, mon chéri.

— Que deviendrai-je quand vous ne serez plus là pour me persécuter ?

— Vous serez tellement impatient de me retrouver que nous passerons de merveilleuses soirées.

Il sembla séduit par cette promesse et se leva pour l'attirer à lui :

— Cela me donne envie de rentrer chez nous dès maintenant. Je suis fatigué et j'aimerais dormir aussi vite que possible.

— A six heures du soir ?

— J'ai envie de vous tenir dans mes bras pendant des heures et des heures.

Un tel souhait était plutôt flatteur pour Sara. La gentillesse de Rand la consolait un peu de se retrouver si brusquement au chômage. Mais il ne fallait pas regretter le geste de renoncement. La situation était devenue trop intolérable. D'ailleurs, l'avenir lui ouvrait ses portes et il ne déplaisait pas à la jeune femme d'avoir à relever de nouveaux défis.

De toute façon, la présence de Rand à ses côtés lui permettrait de surmonter toutes les épreuves, si pénibles soient-elles. Lui jetant un regard furtif, elle admira pour la millième fois son profil volontaire, la beauté originale de ses traits. Cependant, elle remarqua qu'il semblait soucieux et fatigué. Désireuse de respecter son silence, Sara ne l'interrogea pas sur les motifs qui l'incitaient à se refermer sur lui-même. Ce qu'elle eut bientôt l'occasion de regretter.

Ils dînèrent d'un repas léger et se rendirent ensuite dans le salon pour boire leur café. Sara versait le liquide brûlant dans les tasses lorsque Rand vint s'asseoir à côté d'elle sur le canapé en poussant un soupir d'aise. Il devenait un autre homme chaque fois qu'il passait le seuil de sa maison et la jeune femme sourit de le voir si détendu.

— Vous m'avez bernée, monsieur Emory! lança-t-elle sur le ton de la plaisanterie.

— Je vous demande pardon?

— Vous m'avez fait rentrer d'urgence en prétextant la fatigue dans le seul but que je vous prépare à dîner.

D'un geste délibérément lent, elle reposa sa tasse sur le plateau.

— Aucune femme n'apprécie de réfréner ses élans de tendresse en faisant la cuisine.

Avec une rapidité déconcertante, il attira sa compagne sur ses genoux. Sara enroula les bras autour de son cou et se mit à jouer avec les boucles de sa chevelure, comblée par la tendresse qui régnait entre eux.

Alors il réfugia son visage dans le creux de son cou pour respirer avec délice l'odeur discrète de son parfum.

— Voilà qui est mieux! murmura Sara en frémissant de plaisir.

— De toute façon, j'avais l'intention de vous serrer contre moi depuis longtemps.

— Vraiment?

Il lui répondit en posant sur ses lèvres un baiser farouche, bref, mais étourdissant de passion.

— Oh! Sara, souffla-t-il contre sa gorge. Vous êtes tellement exquise... tellement délicieuse!

— Je suis heureuse de vous inspirer de telles paroles, particulièrement ce soir.

— J'ai eu le temps d'y réfléchir et je comprends maintenant que vous avez eu raison de démissionner. Vous n'aurez plus besoin de travailler, désormais, et Dieu sait que vous avez bien mérité ce repos.

Ces mots s'insinuèrent dans son esprit comme autant d'aiguillons douloureux. Rand s'imaginait donc qu'elle n'avait pas l'intention d'exercer un autre métier ? Qu'avait-elle pu dire qui le laissât supposer pareille chose ? Sara se remémora leur conversation dans le bureau, consternée de prendre conscience qu'en effet, elle n'avait pas fait la moindre allusion à l'éventualité de choisir un nouveau travail. Mais cette précision ne lui avait pas paru nécessaire tant il semblait aller de soi qu'elle dût gagner l'argent qui permettrait de rembourser les dettes de son père. Apparemment, cette nécessité ne s'imposait pas comme telle à l'esprit de Rand. Le quiproquo survenu lors de leur entretien de l'après-midi les avait fait s'engager sur des voies différentes, à l'insu de l'un comme de l'autre...

Peut-être est-il encore temps de réparer cette erreur, pensa Sara avec espoir.

S'accrochant à cet ultime recours, elle commença d'une voix hésitante.

— Rand, j'ai bien peur que vous ne compreniez pas du tout...

Faisait-il la sourde oreille, était-ce réellement par distraction ? Toujours est-il qu'ignorant les propos de sa compagne, il poursuivait avec exaltation :

— Moi aussi, d'ailleurs, j'ai besoin de m'accorder des vacances. Je vais essayer de les prendre le plus vite possible de façon que vous puissiez vous accoutumer plus facilement à votre nouvelle oisiveté en profitant, dans les premiers temps, de ma compa-

116

gnie. Il est rigoureusement impossible, malheureusement, que j'annule mon voyage à Los Angeles ; mais dès mon retour, nous filons pour les Bahamas. N'est-ce pas un projet fantastique ?

La gorge nouée, Sara assistait en spectatrice impuissante à cet accès d'optimisme triomphant et aveugle.

Je serais cruelle de lui refuser les quelques semaines de répit auxquelles il aspire, songea-t-elle en contemplant avec émotion le visage chaviré de joie qu'il tournait vers elle. Il doit y voir des années qu'il n'a pas quitté les Etats-Unis autrement que pour des voyages d'affaires. Rand est surmené. L'empêcher de prétendre au répit auquel il a droit procéderait d'une trop grande sévérité de ma part. Oublions pour l'instant les problèmes qui existent entre nous et dont Rand n'a même pas eu connaissance. A ce sujet, quelle chance qu'il m'ait interrompue tout à l'heure ! J'ai bien failli gâcher notre soirée et surtout ce voyage idyllique à l'autre bout du monde ou presque. Il sera toujours assez tôt pour que nous évoquions ensemble ma volonté de travailler à tout prix dans le but de gagner ma vie.

Chaque chose en son temps, conclut-elle tandis que Rand la soulevait dans ses bras pour l'emporter dans la chambre. Le sourire merveilleux qu'il lui adressa en s'allongeant auprès d'elle acheva de la convaincre que le silence sur les points délicats qui restaient à résoudre représentait la meilleure solution. D'ailleurs, les folles caresses, dont il la comblait lui firent tout oublier en quelques secondes. Rand était le plus adorable des hommes...

9

« Ne remets pas au lendemain ce que tu peux faire le jour même. » En la situation actuelle, Sara continuait de considérer que ce proverbe ne s'appliquait pas à son cas précis. Au lendemain de la folle nuit où Rand et elle s'étaient aimés avec une passion inégalable, la jeune femme avait été la proie de doutes torturants. A quoi bon repousser l'échéance fatale où il faudrait informer Rand de son désir d'entrer de nouveau dans la vie active ? Pourquoi chercher à partager en sa compagnie des vacances de rêve dès lors que leur entente serait inévitablement compromise par les aveux que la jeune femme lui ferait aussitôt après leur retour ? Sara craignait qu'à différer ainsi cette confrontation pour ne pas gâcher leur voyage, ils ne doivent souffrir plus encore des embûches que la réalité avait semées sur leur chemin. Comment supporter la cruauté d'un conflit à la suite des journées sans nuages qu'ils auraient passées ensemble ?

Malgré la logique implacable de ces arguments, quand arriva le jour où Rand devait partir pour Los

Angeles, Sara fut incapable de s'ouvrir de quoi que ce soit devant lui.

Emplie d'une vague culpabilité mais surtout soulagée par cette demi-lâcheté, la jeune femme profita de son absence pour retourner dans les bureaux du groupe Phillips afin d'y former l'assistante que le cabinet de recrutement avait élue parmi des dizaines de candidates. Efficace et discrète, Mme Gerard était une femme d'une quarantaine d'années, ni belle ni laide mais plutôt charmante, dont la douceur plairait sûrement à Rand. Cette nouvelle recrue savait en effet imposer sa volonté en usant d'une gentillesse persuasive qui forçait le respect de ses collaborateurs sans que ces derniers ne soient vraiment conscients qu'ils accédaient à ses moindres désirs en n'importe quelle occasion.

Sara était ravie à l'idée que Rand puisse compter sur cette associée modèle pour partager avec lui l'énorme quantité de travail qu'il fallait quotidiennement accomplir. Mme Gerard était une compagne enjouée et quand la fin de son stage de formation arriva, Sara eut quelques regrets de devoir la quitter déjà.

En sortant de l'entreprise où elle avait passé tant de jours laborieux et ingrats, Sara sentit un immense désarroi l'envahir. La perspective des centaines d'heures d'oisiveté qui l'attendaient avant qu'elle n'ait retrouvé une activité professionnelle l'effrayait terriblement.

Convaincue qu'elle ne supporterait pas un instant de se retrouver seule, Sara se précipita chez Bob et Edith Hastings qui l'accueillirent à bras ouverts.

— Bouleversée de revoir ceux qui l'avaient si généreusement soutenue au moment de la mort de son père, elle éclata en sanglots, blottie contre la poitrine opulente d'Edith qui lui tapotait gentiment le dos en formulant des paroles de réconfort.

— Allons, mon petit, nous sommes là, remettez-vous !

Elle observa une seconde de silence puis reprit :

— Autant vous le dire, Sara : Bob et moi sommes choqués par la conduite de Rand. Vous n'êtes qu'une petite fille innocente et romanesque, et cet homme indigne a profité de votre inexpérience pour vous séduire. C'est scandaleux.

Sara poussa un soupir d'exaspération :

— Je suppose que vous me désapprouvez d'être allée habiter chez lui ?

— Je ne crois pas que ces pratiques libérales soient vraiment bénéfiques. Si cela doit se faire, vous et Rand devriez régulariser au plus vite votre situation !

Sara ne voulait pas rebuter la vieille dame mais elle ne pouvait pas non plus désavouer Rand.

— Nous sommes heureux ainsi, Edith. J'imagine que vous vous faites du souci pour moi et je vous en suis infiniment reconnaissante. Mais je ne suis plus une enfant, comprenez-le.

Elle s'était levée pour mettre fin à cette pénible entrevue.

— Je suis incapable de vous comprendre, ma petite. Sam se retournerait dans sa tombe s'il savait de quelle façon vous vous conduisez !

Le regard de Sara se durcit.

— Laissons Sam en dehors de tout cela, s'il vous plaît !

Consciente d'être allée trop loin, Edith ne cacha pas son remords d'avoir peiné sa jeune amie qui retenait de nouveau ses larmes.

— Je me mêle peut-être de ce qui ne me regarde pas ma chérie, mais j'ai tellement de peine quand je vous vois si triste que je ne peux m'empêcher de vous donner des conseils. Depuis la mort de Sam, vous avez essayé de vous endurcir, ce qui va à l'encontre de votre caractère naturel. Vous êtes si douce qu'il est indispensable que vous viviez dans une atmosphère sécurisante, auprès d'un mari qui vous protège.

— Rand et moi nous entendons très bien, assura-t-elle en trouvant la force de sourire.

— Mais il vous manque la confiance et le respect que seul le mariage peut susciter chez un être.

— Rand me respecte autant que je le respecte. Votre confiance en lui n'était pas mal placée, Edith ! Il m'a demandé de l'épouser, figurez-vous. Mais c'est moi qui n'ai pas accepté.

— Seigneur ! Pourquoi l'avoir déçu si vous l'aimez tant ?

— Justement parce que je l'aime. Rand voulait ce mariage pour honorer la promesse qu'il avait faite à mon père. Mais je refuse de le voir sacrifier sa liberté à un simple serment. Notre situation actuelle nous rend parfaitement heureux, je vous le jure.

Elle se pencha vers la vieille dame pour lui murmurer à l'oreille :

— Ne vous inquiétez pas. Rand et moi sommes faits l'un pour l'autre. C'est le principal, n'est-ce pas ?

Edith secoua la tête.

— Je pensais que vous le connaissiez mieux que cela, ma pauvre petite !

— Que voulez-vous dire ?

— Vous finirez bien par le découvrir vous-même.

Cette dernière phrase, un peu trop mystérieuse au goût de Sara, ne cessa de danser dans sa tête tandis qu'elle rentrait chez elle. En arrivant à l'appartement, la jeune femme souffrait d'une si violente migraine qu'elle décida de se coucher sur-le-champ. Mais la sonnerie du téléphone la fit soudain tressaillir et elle se précipita pour répondre.

— Sara ? Il y a des heures que je cherche à vous joindre !

C'était la voix de Christopher Allen, le directeur du cabinet de recrutement qu'elle avait de nouveau consulté mais, cette fois, pour qu'il lui trouve du travail à elle, personnellement.

— Excusez-moi, Chris. Avez-vous quelque chose pour moi ?

— Et comment !

A l'entendre, il allait lui offrir la chance de sa vie. Le cœur battant, Sara l'écouta exposer tous les avantages du poste qu'il lui proposait.

— Vous avez rendez-vous avec Richard Langley, demain matin à neuf heures. Cet homme très puissant a besoin de quelqu'un qui ait exactement votre qualification, Sara. Tout devrait aller pour le mieux.

— Merci de me faire confiance, Chris !

Une pensée fugitive pour Rand tempéra quelque peu son enthousiasme à l'idée de travailler pour l'une des compagnies financières les plus célèbres du pays, mais, oubliant ses réticences, Sara complimenta Chris pour sa diligence et raccrocha l'appareil d'une main tremblante. Son enthousiasme était tel que ses maux de tête avaient redoublé de violence, lui martelant les tempes d'élancements sourds et insupportables. N'y tenant plus, elle se dirigea vers la salle de bains pour y absorber un cachet d'aspirine et, surprenant son visage fatigué dans la glace, se demanda quelle serait la réaction de Chris en découvrant qu'elle renonçait à leurs projets de vacances pour saisir l'opportunité qu'on lui soumettait.

Il faudrait bien que Rand admette l'importance que revêtait pour elle une occasion aussi inespérée. En des circonstances aussi décisives, il était rigoureusement inconcevable de songer plus longtemps à l'idée de s'accorder du repos. Lui-même tenait sa carrière en trop grande estime pour lui refuser le droit d'être ambitieuse et déterminée à tout pour réussir.

Le silence de l'appartement devenait oppressant. Surexcitée à l'extrême par ce qu'elle venait d'apprendre, Sara se déshabilla à la hâte et prit une longue douche brûlante en espérant qu'elle lui procurerait l'apaisement dont elle avait besoin.

Fleurant bon le savon et l'eau de toilette, la jeune femme enfila un déshabillé en soie saumon qui lui fit l'effet d'une véritable caresse.

124

Quel dommage que Rand ne soit pas là, se dit-elle en se souvenant de l'amour qu'il portait à ce vêtement délicat. Mais ce vœu formulé à voix haute fut aussitôt suivi d'une pensée restrictive. Il va m'en vouloir d'agir contre sa volonté alors même qu'il a tant insisté pour que nous partions ensemble.

L'inquiétude qui grandissait en elle au fil des heures rendait plus douloureuse encore le vide créé par son absence. Seule depuis deux semaines à peine, la jeune femme avait l'impression que son compagnon l'avait quittée des siècles auparavant.

Et si je le rejoignais dans son hôtel de Los Angeles ? L'informer, alors, de la chance inouïe qui m'est offerte deviendrait plus facile si l'entretien avait lieu dans le cadre impersonnel d'une chambre de passage.

Allons ! Ce subterfuge ne tromperait personne ! La tête bourdonnante de pensées contradictoires, Sara se coucha enfin en priant pour que la nuit lui porte conseil. Elle était si lasse qu'après quelques minutes, elle sombrait dans un profond sommeil.

La jeune femme n'aurait su dire combien de temps avait passé depuis le début de la nuit quand elle sentit auprès d'elle la délicieuse tiédeur d'un corps allongé. A demi assoupie, elle poussa un murmure de plaisir et s'étira langoureusement en se frottant contre son dos.

— Je suis contente de vous voir, soupira-t-elle.

Quand Sara se rendit compte que son déshabillé de soie avait glissé au sol comme par magie, elle ne put réprimer un sourire. Rand parcourait sa peau soyeuse de baisers légers et elle se retourna pour s'offrir à son étreinte.

— Comme vous m'avez manqué, ma chérie !

— Je l'espère bien ! s'écria-t-elle en l'embrassant malicieusement.

Il l'enlaça avec une vigueur qui lui fit perdre le souffle.

— Et à vous, ma douce, je vous ai manqué ?

Pour toute réponse, elle exhala un gémissement de bien-être. La surprise provoquée par sa présence inattendue auprès d'elle était d'autant plus exquise que le soir même, elle avait tant souffert de la solitude.

Leurs souffles se joignirent, leurs corps s'unirent, sachant aussitôt découvrir les gestes qui combleraient l'autre. La soif qu'ils avaient de se prouver leur amour après tant de jours passés loin l'un de l'autre était telle qu'ils auraient voulu que cette nuit se prolonge éternellement. Les lèvres jointes, les membres mêlés, ils avaient l'impression de ne plus former qu'un seul être.

Aux premières lueurs de l'aube, ils se séparèrent enfin et après avoir échangé le plus merveilleux des sourires, s'abandonnèrent au sommeil en se tenant par la main.

Sara éteignit le réveil-radio en tâtonnant et demeura un instant immobile à essayer de remettre ses idées en place. La respiration régulière de Rand indiquait qu'il dormait d'un sommeil profond et, prenant mille précautions pour ne pas le troubler, la jeune femme s'assit doucement sur le bord du lit.

— Ne me quittez pas comme une voleuse, Sara !

Il eut un geste un peu brusque qui l'attira en arrière malgré ses protestations rieuses.

— Il n'est pas encore l'heure de se lever, ma chérie.

Sans lui laisser le temps de répondre, il se mit à parsemer sa gorge de baisers légers. De peur de céder à la tentation, Sara voulut le repousser mais, déjà, son corps se cambrait contre le sien...

— Il faut que j'y aille, Rand !

— Plus tard, nous avons tout le temps.

Incapable de résister plus longtemps, Sara éclata de rire tout en l'attirant fiévreusement à elle, submergée par des sensations contradictoires de plaisir et d'angoisse.

De jour en jour, songeait-elle avec anxiété, leur passion devenait plus exigeante. Le paroxysme des sentiments qui les liaient l'un à l'autre s'accommoderait mal du moindre incident survenant dans leurs relations.

Il ne faut pas envisager le pire, songea Sara en se blottissant au creux de son épaule.

— Mon Dieu ! s'écria-t-elle brusquement en regardant le réveil. Il est épouvantablement tard.

— Pourquoi êtes-vous si pressée ?

Toute prudence oubliée, Sara répondit impatiemment :

— J'ai une entrevue, ce matin.

— Une entrevue pour un emploi ?

Il avait posé sa question sur un ton tranquille mais la jeune femme ne pouvait s'y tromper : il y avait une intonation de colère dans sa voix. Evitant son regard, elle s'enveloppa dans un peignoir, gênée qu'il la fixe avec autant d'insistance.

— Oui, Rand, pour un emploi.

Avec une assurance qu'elle était loin d'éprouver, elle haussa le menton :

— Je ne vous ai jamais promis d'arrêter de travailler, lança-t-elle.

Les yeux qui la dévisageaient s'étaient rivés aux siens mais elle trouva le courage de poursuivre :

— Vous seul en avez décidé ainsi.

— Mais vous ne m'avez pas détrompé, me laissant même préparer des vacances alors que vous n'aviez pas l'intention de me consacrer une seule minute de votre temps.

— Vous exagérez ! s'exclama-t-elle avec colère. J'étais persuadée que Chris ne me trouverait rien d'intéressant avant longtemps. J'avais l'intention de vous dire qu'il s'occupait de ma candidature mais en me rendant compte de l'enthousiasme avec lequel vous évoquiez la perspective d'un voyage aux Bahamas, je n'ai plus osé m'en ouvrir à vous avant notre retour.

— Je suis navré de vous avoir mise dans une situation aussi délicate. Mais vous n'aviez pas besoin de vous faire autant de soucis. Après tout, votre volonté d'indépendance vous donne tous les droits.

— Vos sarcasmes n'arrangeront rien à l'affaire.

— Non, en effet ! Mais un peu plus d'honnêteté entre nous y parviendrait sûrement. Si toutefois vous envisagez que notre relation se poursuive.

— Vous savez bien que oui ! Faudrait-il, par

128

hasard, que j'abandonne tous mes projets pour vous faire plaisir ?

— Est-ce vous qui me reprochiez mes sarcasmes ?

Sara serra les dents pour tenter de retrouver son calme et compta intérieurement jusqu'à dix. Lorsqu'elle fut sûre que sa voix ne trahirait pas le chagrin que lui causaient les accusations de Rand, la jeune femme reprit avec toute la dignité dont elle se sentait capable :

— Ne vous fâchez pas, je vous en prie. Pourriez-vous me laisser me préparer, maintenant ? Je risque d'être très en retard.

Il sortit de la salle de bains, non sans lui avoir lancé un regard courroucé qui la fit frémir. Sara imaginait d'autant mieux la déception qu'il pouvait ressentir qu'il avait découvert son secret après une merveilleuse nuit d'amour partagé. Mais il était presque huit heures, Sara n'avait pas le temps de se perdre en conjectures. Si elle ne partait pas dans les dix minutes qui suivaient, elle pourrait dire adieu au poste que Chris s'était donné la peine de lui trouver. Dès son retour, elle consacrerait tous ses efforts à essayer de se réconcilier avec Rand. Malheureusement, retenue plus longtemps que prévu par son nouveau directeur, elle n'en eut pas le loisir. De fil en aiguille, au cours des semaines qui suivirent, Sara en parvint progressivement à oublier ses bonnes intentions. Totalement prise par son nouvel emploi, elle s'y adonnait avec une telle ardeur que, trop épuisée quand le soir arrivait, la jeune femme n'avait même pas la force de dîner. Rand était mis à rude épreuve. Il ne se passait pas de jour, en effet, sans que sa compagne ne lui téléphone en toute hâte pour l'avertir qu'elle serait en retard d'une heure ou deux. Les week-end eux-mêmes ne lui apportaient pas le moindre répit, Sara potassait interminablement d'énormes dossiers qui l'occupaient du samedi matin au dimanche soir. Rand ne se plaignait pas de devoir partager l'existence de forçat intoxiqué de travail, qui évoluait à ses côtés de loin en loin, le front barré d'un pli inquiet, le regard vague, le teint pâle et cireux. Exaltée par les responsabilités immenses qui lui étaient imparties, Sara plaçait désormais son métier avant toute chose et bien qu'elle soignât tout particulièrement sa toilette, ce souci d'élégance n'était dicté que par le désir de se conformer à l'image que l'on attendait d'elle : celle d'une femme soigneusement vêtue de tenues chics — mais strictes ! — impeccablement repassées et de couleurs austères.

Si coquette jusqu'alors, elle avait à peine conscience du changement qui s'était opéré en elle tant son désir de réussir, d'imposer sa personnalité et d'exaucer ses ambitions était grand. Au fond de son cœur, une immense fierté palpitait à l'idée que sa situation actuelle lui permettant de bénéficier d'un salaire élevé, elle serait bientôt à même de rembourser l'intégralité des dettes contractées par son père. En réalité, entre sa volonté de prouver sa valeur et son vœu de blanchir définitivement la mémoire de Samuel Benedict, il était difficile d'apprécier laquelle de ces deux considérations prévalait pour justifier son âpreté à la tâche. Sara, la première, aurait été impuissante à le dire. Telle était du moins son impression avant qu'elle ne réfléchisse sérieusement au problème...

Elle sortait un jour de la salle où une importante conférence venait d'avoir lieu quand une évidence d'une ironie amère lui sauta aux yeux. Pour combler le découvert de Samuel Benedict, sa propre fille était devenue conseiller financier dans l'une des compagnies les plus prestigieuses de San Francisco. Touchée par cette coïncidence, Sara eut un sourire triste. Que n'avait-elle exercé ses talents de gestionnaire du temps où Sam vivait encore ! songea-t-elle en se mordant les lèvres. Bien des épreuves lui auraient ainsi été épargnées... A elle aussi bien qu'à Rand.

Que nous arrive-t-il ? se demanda-t-elle alors en se sentant gagnée par une soudaine angoisse. Pourquoi suis-je si distante à son égard ? C'est comme si je m'acharnais à compromettre l'existence de la partie la plus heureuse de ma vie. Bien sûr, il ne semble pas désapprouver ma conduite. Lui-même passe à présent la plupart de son temps à travailler au bureau. Mais je suis sûr qu'il m'en veut secrètement de ne plus lui accorder l'attention que je lui prêtais naguère. Dire qu'il n'y a pas si longtemps nous étions toute la journée ensemble ! Maintenant, les rares soirées où nous sommes réunis, la conversation tourne inévitablement autour des problèmes qui ont surgi entre nous et bien que nous n'en venions jamais à nous quereller, l'atmosphère de gaieté qui régnait auparavant entre nous a bel et bien disparu. Peut-être n'aurais-je pas dû démissionner du poste d'assistante que j'occupais à ses côtés. Même s'il évite d'en parler, je suis sûre qu'il ne m'a pas pardonné cette décision. Pourtant, il sait bien que pour moi, l'air était devenu irrespirable depuis que le personnel m'avait pris en grippe. Mon Dieu ! Que faire pour améliorer nos relations ? L'état de notre couple se dégrade chaque jour davantage.

Tournant et retournant ces questions dans sa tête, Sara pénétra dans le luxueux bureau qui était le sien et se félicita pour la centième fois pour le bon goût qui avait présidé à la décoration des lieux. Devant un immense bureau en chêne massif se tenaient deux fauteuils profonds en cuir crème, le sol était revêtu d'une épaisse moquette beige, des lithographies originales étaient suspendues sur les murs tapissés de tissu jaune pâle. L'élégance sobre de l'ensemble inspirait un agréable sentiment de confort.

Rand n'a jamais eu la curiosité de visiter l'endroit où je travaille, pensa-t-elle amèrement. Si seulement il s'intéressait à mes activités, peut-être pourrions-nous alors éprouver du plaisir à nous retrouver autour d'un dîner et à nous raconter nos aventures de la journée. Mais cette complicité n'est plus d'actualité, malheureusement. Sara fronça les sourcils en enfilant son manteau. Juste ciel ! Depuis combien de temps n'avaient-ils pas passé la nuit ensemble, à se regarder, à s'aimer et non à dormir en chien de fusil chacun de son côté ? Effrayée par ces images lugubres, elle se demanda brusquement s'il ne commençait pas à se lasser d'elle.

Que faire si tel était le cas ? La jeune femme ne

voulait quitter Rand sous aucun prétexte. Cependant, elle était bien obligée d'admettre qu'elle sacrifiait leur union au profit de son travail. Combien de fois était-elle restée en compagnie de ses collègues jusqu'à des heures avancées de la soirée ? En ces occasions, Sara évitait soigneusement de réfléchir au chagrin qu'elle pouvait lui causer. La seule solution qui lui parût envisageable pour essayer de restaurer leur entente exigeait d'elle qu'elle abandonnât son métier. Bien que l'idée l'en ait parfois effleurée, Sara devait s'avouer que pour l'instant, elle était incapable de s'y résoudre.

Mais pourquoi ne chercher les moyens de rétablir leur couple qu'en sollicitant ses seuls efforts ? Rand était-il si supérieur à elle que l'on ne pût concevoir qu'il accomplisse le moindre geste ?

J'exagère, se dit-elle soudain en mesurant à quel point il était patient envers elle dans le but de sauvegarder leur union. Malgré la tension qui règne entre nous, il continue de me regarder avec amour et tendresse quand il a l'impression que je ne le vois pas. Et puis, n'est-ce pas moi qui ait refusé de l'épouser, lui faisant craindre à tout instant que notre aventure s'arrête d'une minute à l'autre ?

Se prenant la tête entre les mains, Sara fixa la pendule électrique accrochée sur le mur d'en face d'un œil vague. Lisant machinalement la date indiquée en chiffres lumineux, elle sursauta violemment. L'anniversaire de Rand avait lieu aujourd'hui. Il était déjà sept heures du soir et elle avait complètement oublié de lui préparer la petite fête

133

traditionnelle alors qu'ils en avaient parlé ensemble l'avant-veille.

La jeune femme roula jusqu'à leur appartement en pressant l'accélérateur jusqu'au plancher. Actionnant fiévreusement la clef dans la serrure, elle ouvrit la porte, se précipita dans le salon, puis dans leur chambre...

— Rand?

Seul le silence lui répondit. Sans y croire vraiment, elle fouilla les pièces l'une après l'autre, en vain. Rand n'était pas là.

Est-il seulement rentré? se demanda-t-elle en cherchant les signes de son passage éventuel d'un œil attentif. Mais rien ne laissait supposer qu'il soit repassé par chez eux avant de sortir. L'oubli momentané de la jeune femme n'était rien comparé à l'indifférence manifeste qu'il affichait à l'égard d'un projet auquel ils avaient réfléchi ensemble. Après le dîner, tous deux avaient prévu d'assister à un concert donné par l'orchestre philarmonique de San Francisco.

Déchirant les billets en mille morceaux, Sara éclata en sanglots, désespérée par l'impression de solitude atroce qui l'étreignait. Elle pleura longuement, la tête renversée en arrière, les mains jointes en un geste de prière involontaire, puis se reprit en serrant les dents. Après une bonne douche brûlante, elle rejoindrait des amis au bar de l'Overland où elle passerait au moins quelques heures de détente agréable.

En sortant de l'eau, Sara se sécha, vigoureusement puis enfila une ravissante robe en soie émeraude qui mettait en valeur le galbe parfait de sa silhouette svelte et élancée.

Comme il y avait longtemps qu'elle n'avait pas porté de tenue aussi sophistiquée et seyante, Sara se regarda dans la glace en poussant un petit cri de surprise. Cela me va mieux que les tailleurs austères que je mets tous les jours, se dit-elle en souriant au reflet que lui renvoyait la glace. Rand serait satisfait que j'arbore un uniforme moins sévère. Pourquoi n'est-il pas là ? J'aimerais tellement que nous sortions ensemble. Tant pis ! Je me débrouillerai bien sans lui.

Après un dernier coup d'œil au miroir, Sara quitta son appartement d'un pas décidé. Quoi qu'il arrive, elle ne se laisserait pas abattre.

10

Comme toujours, à l'Overland, une clientèle nombreuse et bruyante occupait la presque totalité des sièges. Sans se laisser impressionner, Sara se fraya un chemin parmi la débandade de tables et de chaises en essayant de reconnaître un visage familier parmi tous ceux qui se pressaient autour d'elle.

— Sara ! Par ici !

Elle se tourna dans la direction où cette voix connue s'était fait entendre, repéra des mains qui se levaient pour lui faire signe et parvint à se faufiler jusqu'à l'endroit où se trouvaient ses amis, Paul et Barry, deux jeunes collaborateurs de la société où elle travaillait.

— Nous ne pensions pas te voir ce soir ! déclara Paul en se levant pour lui offrir sa chaise.

Tandis qu'il allait en chercher une autre, elle resta avec Barry, le timide chef du service informatique que la jeune femme appréciait davantage que son compagnon. Moins fanfaron que ce dernier, il ne se sentait pas obligé de jouer les séducteurs dès qu'il se retrouvait en face d'une femme.

— Je suis content de vous rencontrer ici, déclara-t-il en la fixant d'un regard insistant.

Le ton de sa voix la fit rougir. Sara n'ignorait pas qu'il éprouvait plus que de la sympathie à son égard ; Barry ne s'en était d'ailleurs jamais caché, même lorsqu'il avait appris ses relations avec Rand. Chaque fois qu'il la rencontrait, ses yeux bruns brillaient d'un éclat particulier et, jusque-là, la jeune femme s'était efforcée de n'y prêter aucune attention. Ce soir, la situation s'avérait différente et elle s'entendit déclarer en le fixant sans la moindre ambiguïté :

— Pour tout avouer, c'est à cause de Rand que je suis venue me détendre ici.

Il continuait de la dévisager, comme s'il avait attendu la suite de ses explications, si bien qu'elle en dit davantage qu'elle n'en avait d'abord eu l'intention :

— Parfois, je me sens comme un écureuil en cage qui tourne sans arrêt sur sa roue sans savoir où il va.

— Tu n'es pas un petit animal que l'on peut mettre en cage, Sara. Tu es parfaitement capable de diriger seule ton existence.

— Crois-tu ?

A cette réplique un peu acide, il baissa la tête et remarqua que la main de la jeune femme était crispée sur son siège. Il la couvrit doucement de sa paume.

— Quelque chose ne va pas ? demanda-t-il gentiment.

A quoi bon se défendre de ce qui se lisait à

l'évidence sur son visage ? Soudain, Sara éprouvait le besoin pressant de se confier à un ami.

— Je suis en train de le perdre, Barry ! Et je ne sais comment m'y prendre pour le retenir.

— Tu tiens beaucoup à lui, n'est-ce pas ?

C'est le moment que choisit Paul pour les rejoindre, brandissant victorieusement une chaise au-dessus de la tête. Il aperçut les mains enlacées de ses amis et Sara retira vivement la sienne, inquiète de ce qu'il pourrait en conclure. Sentant le sang lui monter au visage, elle tenta de s'en sortir par une pirouette :

— Tu ne parais pas très sérieux avec une chaise sur la tête ! lança-t-elle en prenant aussitôt conscience de la pauvreté de cette réplique.

Avec un sourire malicieux, il préféra aborder le vif du sujet sur le ton de la plaisanterie :

— Je me demande si je ne ferais pas mieux de vous laisser, tous les deux !

— Assieds-toi ! marmonna Barry.

Les quatre pieds du siège atteignirent lourdement le sol et Paul s'assit à l'envers en enlaçant le dossier d'un geste cavalier.

— Il faut le dire, si je dérange, insista-t-il.

Sara éclata de rire, comme s'il venait de prononcer une absurdité, et prit Barry par l'épaule d'une main purement amicale. Quand brusquement, elle aperçut la silhouette de Rand qui se découpait dans l'encadrement de la porte... Sur le point de défaillir, elle retira son bras aussi vite qu'elle le put tandis que Barry redressait fièrement la tête. Notre réaction peut être interprétée comme un aveu de culpabilité, songea-t-elle en remarquant l'expression de mépris qui se peignait sur le visage de Rand.

Les minutes suivantes se déroulèrent dans l'atmosphère irréelle d'un film au ralenti. Alors qu'elle avait craint une scène, Sara fut soulagée de voir Rand venir vers eux d'un pas tranquille et s'arrêter à leur table comme s'il attendait les présentations. Ce qu'elle s'empressa de faire d'une voix tremblante. Il salua ses collègues avec une amabilité compassée et la jeune femme seule entendit l'accent de rage qui perçait sous son ton paisible. Instinctivement, elle s'était levée, et il la prit par la taille d'un geste totalement naturel. Encore sous le choc, Sara se demandait si ses jambes la porteraient plus longtemps quand elle le vit se tourner vers elle et lui sourire d'un air glacial.

— Nous rentrons, ma douce ?

— Attendez ! coupa Paul, apparemment inconscient du petit drame qui se jouait devant lui. Sara n'a même pas eu le temps de boire un verre. Restez, je vais vous chercher un siège !

Rand demeura d'une parfaite courtoisie malgré le frémissement imperceptible qui le parcourait des pieds à la tête.

— Malheureusement, nous ne pouvons accepter votre invitation, monsieur. C'est mon anniversaire et j'ai hâte de le célébrer avec ma... avec Sara.

L'hésitation était évidemment destinée à lui infliger une vexation. Sans un mot, Sara prit la direction de la sortie, précédant Rand de quelques mètres et ne daignant pas lui adresser la parole. Sa rage et son chagrin l'en auraient, de toute façon,

140

empêchée. Quand ils se retrouvèrent dans la rue, elle se contenta d'aspirer l'air frais de la nuit à grandes goulées gourmandes.

Rand non plus ne paraissait pas pressé de discuter avec elle. Il la laissa s'installer au volant de sa voiture et se pencha à la fenêtre.

— Je vous suis jusqu'à la maison.

— Oui, maître, grommela-t-elle.

D'un geste violent, elle tira la porte vers elle et il eut tout juste le temps de sauter en arrière pour éviter qu'elle ne le pince. Sara n'était malheureusement pas certaine qu'il ait compris le sens de sa réponse car il s'éloigna nonchalamment, un sourire moqueur aux lèvres.

Tournant la clef de contact, elle humecta ses lèvres sèches en regrettant de n'avoir pas pu boire un verre. Un peu d'alcool lui aurait apporté une aide précieuse en ces circonstances. Lâchant le frein à main, elle manœuvra son véhicule et aperçut dans son rétroviseur la Porsche bleu métallisé de Rand qui venait se placer derrière elle. Elle se sentait à peu près aussi rassurée qu'un chaton essayant d'échapper aux griffes d'un tigre.

En arrivant à l'appartement, elle redoutait le pire. De sorte que l'attitude de Rand produisit sur elle une surprise immense et merveilleuse. Au lieu de l'accabler de reproches, il l'attira contre lui pour l'embrasser avec une fièvre ardente qu'elle ne lui connaissait pas. Il l'emporta dans ses bras jusqu'à la chambre dont il ferma la porte d'un coup de pied.

Dès qu'il l'eut allongée sur le lit, il se pencha sur elle avec une délicatesse qui lui fit monter les larmes aux yeux. Mais son regard demeurait vide et Sara comprit que seule une explication circonstanciée pourrait lui rendre son sourire.

— Rand, il ne faut surtout pas croire...

— C'est sans importance, Sara.

Il avait répondu d'une voix si machinale que le cœur de Sara se serra dans sa poitrine. Ce qu'il avait cru voir dans ce bar paraissait avoir brisé quelque chose en lui et, sous le masque de marbre qu'il arborait, elle devinait que le chagrin, la désillusion, et l'angoisse poursuivaient leur travail de sape.

— Oh! Mon Dieu!

Le cri avait jailli de sa gorge sans qu'elle pût le réprimer.

— Ne me regardez pas comme cela, Rand!

Il n'esquissa pas le moindre geste.

— Que reprochez-vous à mon regard, ma chère?

— J'ai l'impression d'être un insecte que vous vous apprêteriez à écraser.

Sa réponse d'enfant apeurée sembla le détendre un peu, il partit d'un grand rire et lui prit le menton entre les mains.

— Vous n'avez aucune raison d'avoir peur de moi, ma chérie.

Elle laissa échapper des larmes de soulagement lorsqu'il lui baisa la paume de la main :

— Pardonnez-moi pour tout, Rand. Quand je suis rentrée, ce soir, vous n'étiez pas encore là et je crois que j'ai perdu la tête. Je voulais vous montrer que je me moquais d'avoir été ainsi dédaignée, alors j'ai rejoint mes amis au bar d'Overland.

142

— Je n'étais pas encore là quand vous êtes arrivée ? Que voulez-vous dire ? Je suis rentré plus tôt que d'habitude et je vous ai attendue jusqu'à huit heures. En voyant que vous ne veniez pas, je suis allé vous chercher à votre bureau où il n'y avait plus personne et j'ai abouti à l'Overland. Cette soirée, je l'attendais depuis si longtemps, j'avais tellement hâte que nous nous retrouvions enfin seuls tous les deux !

— Oh, Rand ! Je regrette ! C'est ma faute.

Elle se mordit les lèvres, bouleversée par le remords.

— Nous avons eu un conseil d'administration imprévu et, le temps qu'il se termine, j'ai...

Il se détacha d'elle, le regard un peu trop fixe.

— Je comprends, Sara.

— Mais non ! Vous ne comprenez rien !

Elle baissa la tête, incapable de soutenir l'éclat de ses yeux.

— Je me suis presque sentie soulagée en constatant que vous étiez absent. Mes torts s'en trouvaient ainsi diminués.

Un muscle de sa joue qui se mit à trembler trahit la tension qui l'habitait.

— Alors vous avez pris rendez-vous avec ce garçon que vous teniez pas l'épaule quand je suis arrivé ?

— Barry n'est qu'un collègue de travail, Rand.

— Il est amoureux de vous, c'était écrit sur son visage.

— Je ne l'ai jamais encouragé, répliqua-t-elle en lui entourant le cou de ses bras. Je croyais que nous serions plus nombreux à passer la soirée dans ce bar.

143

Sinon, je n'y serais pas allée. Jamais je ne vous aurais trahi en donnant rendez-vous à d'autres hommes. Cette idée ne devrait même pas vous venir à l'esprit.

— Je le sais, reconnut-il enfin.

Allégée d'un grand poids, Sara lui adressa le plus merveilleux des sourires, mais se figea bientôt en se rendant compte que l'expression de Rand ne s'était pas modifiée.

— Rand, je...

— Non, Sara. Attendez.

Il lui fit signe de se taire d'un air préoccupé et poussa un long soupir avant de commencer :

— Ecoutez-moi, je vous en prie.

Malgré son appréhension, malgré la crainte qui lui serrait le cœur, elle trouva encore le courage de répondre :

— D'accord, je me tais.

— Nous ne sommes pas faits l'un pour l'autre, Sara.

Elle frémit sous le coup, plus terrible que tout ce qu'elle avait pu redouter.

— Je ne vois pas ce qui peut vous faire parler ainsi !

— C'est pourtant la vérité. Une fois que je...

Il murmura une phrase incompréhensible et secoua la tête.

— Ne me rendez pas les choses plus difficiles qu'elles ne le sont déjà, ma chérie.

— De quoi parlez-vous, à la fin ?

Il laissa retomber ses épaules, comme accablé par la fatalité :

144

— Je parle de dignité, de fierté, d'amour-propre. Pour moi ce ne sont pas de vains mots et ce soir, j'ai compris à quel point j'avais failli en oublier le sens. Nos rapports ne font que nous détruire l'un l'autre. Il faut nous séparer avant que nous n'ayons achevé d'abîmer ce que nous avons tant idéalisé naguère.

Traversant la pièce à pas lents, il fit une halte sur le seuil.

— Je ne m'accrocherai plus à ce qui ne m'a jamais appartenu, ma douce.

Muette de douleur, Sara le regarda disparaître dans un brouillard de larmes. Elle entendit la porte d'entrée se fermer sur l'homme qu'elle aimait et éclata en sanglots.

Pelotonnée sur le lit, Sara regardait naître les premières lueurs de l'aube. Une nouvelle journée commençait, une journée sans Rand. Il y avait tant de tristesse dans son regard quand il était parti...

Elle s'était alors sentie gagnée par la colère, le regret, la peur et finalement le désespoir qui ne l'avait pas quittée de la nuit. Vers quatre heures du matin, elle avait même failli faire ses bagages pour s'enfuir sur-le-champ, très loin d'ici ; mais l'espoir de voir Rand revenir l'avait incitée à rester. Leurs relations ne pouvaient s'achever ainsi, se disait-elle. Ils s'étaient trop aimé l'un l'autre pour se quitter à la première épreuve.

N'était-ce donc là qu'une première épreuve ou, au contraire, la conséquence inévitable de tous les écueils sur lesquels ils avaient buté depuis le début ? Bien que les signes d'alarme n'aient pas manqué,

Sara avait refusé de regarder la réalité en face, préférant vivre au jour le jour dans son monde à elle. Maintenant, ses yeux s'ouvraient à une vérité qu'ils connaissaient depuis longtemps sans vouloir en tenir compte. Rand avait eu le courage de lui offrir son amour et, pas une fois, elle ne lui avait donné le sien en échange, redoutant trop de s'engager, d'aliéner son indépendance. Pourquoi, alors, avoir accepté de vivre avec lui ? Pourquoi l'avoir enfermé dans ce terrain vague, ce désert émotionnel ?

Sans doute avais-je peur de perdre le seul être que j'aimais de la même manière que j'avais perdu mon père. En fuyant le mariage, j'échappais ainsi à l'éventualité d'un déchirement fatal au cas où Rand aurait voulu me quitter...

Sara ferma les yeux. Après la mort de Sam, quelque chose s'était irrémédiablement brisé en elle et elle n'avait plus voulu croire en personne d'autre qu'elle-même. Comme une petite fille insatiable, elle n'avait cessé de tirer Rand d'une main tout en le repoussant de l'autre.

Intérieurement, elle avait conscience de l'étendue de son amour pour lui mais n'avait jamais cessé de lutter contre la dépendance dans laquelle il risquait de l'enfermer. Une dépendance purement fictive ! songea-t-elle brusquement. Quelle égoïste j'ai été de repousser l'homme qui avait tellement besoin de moi. Ce que j'interprétais comme une volonté de domination de sa part n'était en fait qu'une soif inextinguible de tendresse. L'enfance de Rand a été si dure qu'il aspire de toutes ses forces à pouvoir se blottir enfin dans des bras accueillants et généreux. Ses parents ne se sont jamais préoccupés de lui. Et moi qui le chassais de mon cœur sans imaginer un seul instant à quel point il souffrait de mon attitude.

Si elle s'était montrée un peu plus souple, il ne se serait jamais senti menacé par sa carrière, pas plus qu'elle n'aurait eu besoin de lui prouver son indépendance en la payant au prix de leur amour.

Pieds nus, Sara se rendit sur le balcon pour contempler l'immensité du ciel où brillaient encore les dernières étoiles. L'esprit embrumé de chagrin et de remords, elle ne parvenait plus à comprendre ce qui s'était passé en elle. Si elle avait eu connaissance de la situation réelle, aurait-elle nié, comme elle l'avait fait, l'amour de Rand ?

— Je ne sais pas...

Le vent emporta ces paroles de désespoir. Rand avait tout accepté, sa dureté, sa versatilité, son despotisme. En venant vivre avec lui, elle n'était parvenue qu'à risquer de les détruire tous les deux. Quand il lui avait demandé de l'épouser, la jeune femme l'avait repoussé à chaque fois pour des raisons frivoles et insultantes, sans mesurer qu'en fait, elle doutait trop de la vie pour croire au bonheur qu'il lui proposait.

Maintenant, ce manque d'assurance n'avait plus lieu d'être. Elle était Sara Benedict, et savait se débrouiller dans la vie comme une adulte mûre et responsable. De sorte qu'elle parviendrait à sauver l'amour qui l'unissait à Rand.

Pour commencer, il fallait le retrouver. Selon elle, il avait dû passer la nuit dans son bureau. Fermement déterminée, soudain, elle s'habilla à la hâte et roula à toute vitesse pour rejoindre l'homme qu'elle adorait.

Rand ne se trouvait pas à son bureau. La jeune femme interrogea le concierge puis attendit jusqu'à huit heures l'arrivée de la secrétaire. Celle-ci se montra surprise par l'absence de son patron et s'en alla chercher parmi ses papiers s'il n'avait pas laissé de message. Comme elle revenait bredouille, la jeune femme la remercia et partit poursuivre ses recherches. Elle pénétra dans le bar où il prenait souvent son petit déjeuner mais il n'y avait pas donné signe de vie. En désespoir de cause, Sara comprit qu'il valait mieux l'attendre chez lui. Il faudrait bien qu'il revienne un jour.

En arrivant au parking, elle s'aperçut que la Porsche était garée à sa place habituelle. Ainsi donc, il était là !

Les jambes vacillantes d'appréhension, Sara se demanda si elle aurait le courage d'aller plus loin. Je ne vais pas abandonner si près du but, s'intima-t-elle sévèrement en montant dans l'ascenseur. Son cœur battait à coups redoublés dans sa poitrine, elle était convaincue qu'aucun son ne parviendrait à sortir de sa bouche au moment de lui parler.

Ouvrant tout doucement la porte, la jeune femme se faufila dans l'appartement comme une voleuse. Un silence absolu y régnait et Sara craignit un instant que Rand soit déjà reparti. Mais un craquement qui venait du bureau la fit sursauter. Elle poussa courageusement la porte.

— Bonjour, Rand !

Penché sur un meuble bas, celui-ci fit volte-face et la dévisagea d'un air médusé.

— Que faites-vous ici ?

Déroutée par le ton menaçant qu'il adoptait, la jeune femme se raidit.

— Je vous rappelle que j'habite ici, au cas où vous l'auriez oublié.

— Vous voulez prendre le reste de vos affaires ?

Quand elle se souvint du désordre qui régnait dans sa chambre, Sara comprit le sens de cette question. Rand avait imaginé qu'elle s'était emparée de quelques vêtements dans l'idée de quitter la maison, quitte à repasser plus tard récupérer ce qui traînait encore. Il supposait qu'elle attachait assez peu d'importance à leur liaison pour pouvoir la rompre à la première dispute. Comment le convaincre qu'elle ne fuirait plus jamais son amour ? S'il voulait se débarrasser d'elle, il lui faudrait le dire ouvertement et non se contenter de vagues explications alléguant qu'ils n'étaient pas faits l'un pour l'autre !

Avec sa courtoisie habituelle, il la fit entrer dans le salon.

— Voulez-vous boire quelque chose ?

A neuf heures et demie du matin, cette perspective lui semblait au-dessus de ses forces.

— Non merci, murmura-t-elle.

En le voyant se servir un double scotch, Sara cherchait désespérément un signe indiquant qu'il était heureux de la voir et ce n'était pas ce verre rempli d'alcool qui pouvait la rassurer. Rand paraissait tellement distant qu'elle laissa passer quelques instants sans savoir que dire ni que faire.

Je me suis trompée, songea-t-elle, effondrée. Il veut vraiment que je m'en aille. Seigneur! Pourquoi s'était-elle abandonnée à cet amour qui la faisait tant souffrir? Elle n'oublierait jamais l'image de son beau visage penché sur elle et dont le souvenir la hanterait pendant toute sa vie. Elle voulait s'allonger de nouveau auprès de lui dans la complicité de la nuit et lui murmurer tous les secrets qu'elle n'avait jamais su lui avouer. Oh! Rand! implora-t-elle en silence. Ne me repousse pas. Je t'en prie... Laisse-moi d'abord te dire combien je t'aime.

— Pourquoi êtes-vous revenue? demanda-t-il à brûle-pourpoint. Faut-il vraiment que ces adieux se répètent éternellement?

— Je n'ai aucune envie de vous dire adieu, Rand.

— Quel nouveau jeu inventez-vous là? Vous attendez peut-être que je me traîne à vos pieds?

Elle écarquilla les yeux.

— Vous me croyez capable de désirer une chose pareille? Répondit-elle en se tordant les mains pour les empêcher de trembler.

— Non. En réalité, vous vous en moquez complètement.

— C'est faux, murmura-t-elle doucement.

— J'ai failli me conduire comme un malade, cette nuit! Cela vous plaît-il de savoir que vous êtes parvenue à me faire perdre toute ma dignité?

— C'est moi qui ai perdu la mienne, Rand.

Elle s'approcha de lui mais ne put franchir les derniers pas qui les séparaient encore. La violence de cet entretien la heurtait plus qu'elle ne l'aurait cru. Mais il fallait tenir bon, franchir ce dernier obstacle. Les mains sur les hanches, elle lança sur un ton de défi :

— C'est vous qui vous êtes enfui, que je sache !

— C'était cela ou...

Il se passa une main dans les cheveux et la regarda brusquement dans les yeux :

— Vous ne ressentez qu'une attirance purement physique à mon égard, Sara. Tout cela ne nous mène à rien.

— C'est faux ! Je vous ai toujours aimé, Rand !

— Quel mensonge !

Son éclat de rire la blessa au fond du cœur et Sara eut envie de se boucher les oreilles pour ne pas en entendre davantage. Elle se contenta de se diriger vers le balcon ; un brouillard épais venait de se lever, aussi sombre que l'était son âme.

— L'ironie vous va mal, Rand. Je vous aimais mais j'avais peur de vous le dire.

Fermant les yeux, elle appuya son front contre la vitre froide.

— Voyez-vous, reprit-elle d'un ton las, je redoutais trop de vous perdre, vous aussi.

— Que voulez-vous dire, Sara ?

— J'ai appris combien l'on peut souffrir lorsqu'un être aimé disparaît de votre vie. Sam est mort, je craignais que tu ne te lasses de moi. Elle le tutoyait instinctivement, tant ses paroles provenaient du plus profond de son être.

— Est-ce pour cela que tu as refusé de m'épouser et de porter mes enfants ? demanda-t-il d'une voix blanche. Tu croyais qu'un jour je me fatiguerais de toi et te rejetterais comme une vieille poupée ? Vraiment, est-ce là l'opinion que tu te faisais de moi ?

— Essaie de comprendre. J'ai toujours craint de ne pas être capable de combler toutes tes aspirations. A quoi bon, dans ces conditions, se marier et risquer un désastre ? J'avais tellement peur que tu aies seulement envie de me protéger contre ma volonté afin d'honorer le souvenir de mon père. Il est si dur de se retrouver seul dans la vie à cause de la mort d'un être cher ! Je n'aurais pu supporter ton indifférence. Je t'en prie, ne me repousse pas. Donne-moi une chance de te prouver combien je t'aime !

Quand elle se retourna, ce fut pour se jeter dans les bras qui venaient de s'ouvrir à elle.

— Je ne pourrai jamais te repousser, souffla-t-il. Hier soir, quand je t'ai vu enlacer un autre homme, j'ai cru que tu voulais me quitter. Tu ne peux pas savoir à quel point cette idée m'a fait souffrir, Sara !

— Alors, tu veux bien m'épouser ?

Il tressaillit et la contempla d'un regard incrédule.

— Qu'as-tu dit ?

— Je veux t'épouser, t'aimer et passer avec toi et nos enfants le restant de mes jours !

Tous deux s'étaient égarés loin l'un de l'autre mais désormais, ils demeureraient unis pour toujours. Avec un sourire joyeux, elle se blottit contre lui. Il l'entoura de ses bras, la serra à l'étouffer, le souffle coupé par l'émotion. Puis sa bouche se posa sur la sienne et Sara renversa la tête en arrière pour mieux s'offrir à son baiser. D'une main impatiente, elle chercha à caresser la toison douce de son torse.

— Oh! Ma chérie, j'ai tant besoin de toi!

— Prends-moi par la main et emmène-moi dans un monde qui ne sera fait que pour nous.

Enlacée à lui, songeuse, Sara s'abandonnait à une douce rêverie sur l'avenir.

— Je t'aimais déjà quand tu n'étais qu'une enfant, je t'ai aimée quand tu es devenue femme...

Elle lui posa la main sur la bouche, les yeux agrandis par l'espoir :

— M'aimeras-tu encore si je deviens ta femme?

— Je n'ai rien voulu d'autre depuis que je te connais.

— Alors fais de moi ton épouse! demanda-t-elle en joignant les mains d'un geste implorant.

Avec un sourire radieux, il la souleva de terre et l'emmena dans la chambre. La porte se referma sur eux et ils regagnèrent cet univers qui n'existait que lorsqu'ils se retrouvaient ensemble. Un univers de désir, de passion et d'amour qui les accueillerait pour l'éternité.

Ce livre de la collection Duo vous a plu.
Découvrez les autres séries qui vous enchanteront.

● **Série Romance** : *2 volumes doubles par mois.*

*Romance, c'est la série tendre, la série du rêve
et du merveilleux. C'est l'émotion, les paysages
magnifiques, les sentiments troublants.
Romance, c'est un moment de bonheur.*

● **Série Désir** : *4 nouveaux titres par mois.*

*Désir, la série haute passion, vous propose
l'histoire d'une rencontre extraordinaire entre
deux êtres brûlants d'amour et de sensualité.
Désir vous fait vivre l'inoubliable.*

● **Série Harmonie** : *4 nouveaux titres par mois.*

*Harmonie vous entraîne dans les tourbillons
d'une aventure pleine de péripéties.
Harmonie, ce sont 224 pages de surprises et
d'amour, pour faire durer votre plaisir.*

● **Série Coup de foudre** : *4 nouveaux titres tous les 2 mois.*

*Coup de foudre, une série pleine d'action,
d'émotion et de sensualité, vous fera vivre
les plus étonnantes surprises de l'amour.*

*Les livres
que votre cœur attend*

Duo Série Désir n° 169

NAOMI HORTON

Magie brésilienne

De l'audace, de la ténacité, une volonté à toute
épreuve : pour diriger l'empire industriel dont
elle a hérité, Vivian Barnett n'a pas trop de ces
atouts, mais il va lui en falloir bien plus pour
remonter l'Amazone à bord du *Rebelle,* le yacht
du très séduisant capitaine Terence Sloane !

Lui seul peut l'aider à retrouver son père ; elle
n'a d'autre choix que de faire confiance à cet
homme qui n'appartient pas à son univers.
Gagnée par l'appel secret de l'aventure, Vivian
connaît le goût du danger, la magie de la jungle
d'où montent de lourds parfums, l'étrange
sortilège qui la pousse malgré elle vers Terence,
vers la liberté...

Série Désir

Duo Série Désir n° 171

SARA CHANCE

Le secret d'Isis

Qui est cet homme mystérieux présent chaque
soir au *Midnight Star* où se produit la très belle
Isis O'Shea ? Manifestement pas un admirateur
éperdu ni un amoureux transi. Non, il affiche
une trop belle indifférence pour ne pas attirer
l'attention de la célèbre télépathe. Pourtant,
Isis refuse d'utiliser ses dons de clairvoyance
pour percer à jour son secret. C'est une question
de principe !

D'ailleurs, l'inconnu ne tarde pas à venir se
présenter à elle. Il s'appelle James Leland.
Il a besoin de son aide. Et, malgré sa méfiance,
Isis sait que ce regard étrange où se mêlent l'or
et le jade ne lui a pas vraiment menti.

Série Désir

Duo Série Désir n° 172

AMANDA LEE

Le jardin des caresses

C'est bien simple : jamais Linda Quinn n'avait
entendu un homme aussi arrogant et détestable
que Wade Prescott, célèbre animateur d'une
émission télévisée consacrée à la cuisine.
Pourtant, lorsque le hasard d'un concours de
gastronomie les met en présence, Linda est
désarçonnée. Naïvement, elle avait cru vaincre
l'insolent, et le voilà qui fait assaut de son
charme pour la séduire ! Quoi de plus agaçant,
de plus troublant aussi ?

Très vite, le cadre enchanteur de la propriété
où ils résident se transforme en un merveilleux
jardin des délices. Il serait si facile de céder
au désir qui les pousse l'un vers l'autre,
de perdre la raison !

Duo

Série Désir

Achevé d'imprimer sur les presses de l'Imprimerie Bussière
à Saint-Amand-Montrond (Cher)
en mai 1986. ISBN : 2-280-85170-9.
Nº 754. Dépôt légal : juin 1986. Imprimé en France

Collections Duo
53, avenue Victor-Hugo   75116 Paris